청춘을 위로하는 음악 멘토링 에세이

마음을 듣다

- 책을 읽으며 가지고 계신 스마트폰으로 추천음악에 접속해 보세요! 멜론과 유튜브를 통해 해당 음악에 접속할 수 있습니다.

이 책에는 저자가 추천하는 음원 미리듣기와 음악 동영상들에 접속할 수 있는 QR코드들이 수록 되어 있습니다.

스마트폰으로 책 속의 QR코드를 스캔하시면 추천음악이나 공연실황 등에 접속하여 음악을 수 있습니다. (단 멜론으로 듣기 추천곡은 유료이며 회원이 아닌 경우 미리듣기만 가능합니다.)

청춘을 위로하는
음악 멘토링 에세이

마음을 듣다

김호철 지음

구름서재

오늘도 열심히 살아가고 있는
우리 모두의 파이팅을 기원하며

우리는 오늘도 열심히 살아가고 있습니다. 행복을 위해서!

그렇지만 행복을 찾았다는 사람도, 행복을 보았다는 사람도 아직 못
만나봤습니다. 행복은 도대체 어디에 있는 걸까요?

먼 옛날, 하나님이 세상을 만드시고 너무 기뻐서 하늘의 천사들을
모두 한자리에 불러 모으셨죠.

그리고 이렇게 말씀하셨답니다.

> "내가 저 땅에 있는 귀하고 사랑스러운 사람들에게 선
> 물을 하나 하고 싶으니 너희들이 가지고 있는 것과 똑
> 같은 〈행복〉을 전해주고 오너라."

천사들은 고민에 빠졌습니다.

천상의 행복을 천한 인간들에게 나눠주고 오라시는데 하나님의 말

씀이니 거역할 수 는 없고 전해 주자니 은근히 심술이 났던 거죠.

그리고 나름의 대책회의를 통해 얻은 결론은 "전해주되 인간들이 찾지 못 할 곳에 숨겨두자"는 것이었습니다.

첫 번째 천사가 "사람이 오르지 못할 높은 산꼭대기에 숨겨놓자"고 하자 천사들은 이구동성으로 "아마 비행기를 만들어 타고 와서 찾아낼 거야" 했습니다.

두 번째 천사가 "그럼 사람이 내려오지 못할 아주 깊은 바다 속에 숨겨놓자"고 하자 천사들은 이구동성으로 "아마 잠수함을 만들어 타고 와서 찾아낼 거야" 했습니다.

그러자 맨 끝에 있던 막내천사가 "사람들이란 원래 남의 것은 관심 있게 보아도 자기 것은 전혀 못 보는 존재니까 이걸 개네들 마음속에 숨겨놓자"라고 하자 천사들은 만장일치로 "그래 그게 좋겠다!" 하고 찬성했습니다.

그래서 행복은 이렇게 우리의 마음속에 숨겨져 있게 되었다는 것이죠.

사람은 스스로 자신의 모습을 볼 수 없습니다. 그래서 거울이 꼭 필요합니다.

어느 작가의 말처럼, 거울이 좋은 이유는 나를 예쁘게 해 주어서가 아니라 세상의 복잡한 풍경들을 가려주고 오직 나 자신만 바라볼 수 있게 해 주기 때문일 것입니다.

필자는 우리에게 필요한 행복의 조건들이 그리 멀리 있지 않다고 믿었습니다.

그래서 이 작은 한 권의 책 속에 이미 우리 주위에 가까이 있는, 어디선가 한번쯤 들어보았을 따뜻한 이야기와 아름다운 음악들을 담아 그를 통해 나를 들여다보고 그곳에 숨겨져 있는 행복을 발견할 거울을 담아보고 싶었습니다.

이 책이 닿는 마음 마음마다 잊고 있었던 행복들이 피어나서 우리가 본래 행복한 존재였다는 사실을 깨달을 수 있게 되길 바랍니다.

행복을 위해서 오늘도 정말 열심히 살아가고 있는 우리 모두 화이팅!

지은이 김호철

차례

제1악장

꿈

그리고 내 꿈을 위한 음악들

내 꿈에
음악을
들려준다면…

괴테의 꿈

독일 사람들의 마음 속에 영원히 자리한 이름이 있습니다. 그들이 가장 사랑하고 존경하는 인물, 아니 어쩌면 모든 세계인이 사랑하고 존경할 수 있는 인물이라는 말이 어울릴 듯한, 세대를 아우르며 인종과 민족을 뛰어넘어 많은 이들을 정신적으로 품어주는 이름이죠. 하지만 이마저도 괴테Johann Wolfgang von Goethe 라는 인물을 설명하기에는 부족한 수식어라는 생각이 듭니다.

독일 프랑크푸르트에서 태어난 그는 세계적인 문호이자 자연 연구가로, 또한 바이마르 공화국 시대에는 절친 쉴러와 함께 정치인으로, 뒤에는 신학자로서 업적을 이루며 여러 분야에서 큰 족적을 남기는 삶을 살았습니다.

세상엔 어려움을 극복한 많은 사람들의 이야기가 있지만, 그 역시 어려움을 기회로 만든 이야기의 주인공이기도 합니다.

'7년전쟁'이라고도 부르는 슐레지엔 전쟁(1756-1763). 독일 영토가 영국과 프랑스의 식민지 전쟁에 휘말렸던 이 전쟁에서 괴테는 부유했던 자신의 집이 프랑스 민정장관의 숙사로 사용되는 치욕스런 일을 겪게 됩니다. 하지만 겨우 열 살이었던 소년 괴테는 특유의 친화력을 발휘하며 그들과 가까워졌고, 언어부터 행동까지 프랑스 문화를 마스터하게 됩니다. 가히 스스로 '조기교육'의 기회를 창조한 '자기주도학습'의 모범이라 할 수 있습니다.

열여섯 살이 되어 라이프치히대학에서 법학을 공부하게 된 그는 그 어렵다는 법률 공부를 불과 몇 년 만에 끝내 버립니다. 그리곤 연금술 등의 중세시대 미신과 신비주의에 빠져 잠시 방황의 날을 보내기도 하죠.

하지만 늘 배움에 목말라 하고 공부 욕심이 많았던 스물한 살의 괴테는 스트라스부르대학에서 공부하던 중 인생의 한 멘토를 만나게 됩니다.

이때 괴테가 그의 스승과 나눈 대화는 실로 무협지 속의 한 장면처럼 진검승부, 그야말로 불꽃 튀는 설전이었습니다.

스승이 보니 머리가 남달리 좋고 재능이 범상치 않은 괴테였지만 재능에 비해 그다지 노력을 하지 않는 듯 보였습니다.

얼마간 말없이 지켜보던 선생이 어느 날 불쑥 괴테에게 질문을 던집니다.

"이보게 괴테 군, 사람이 자신의 꿈을 이룰 수 있는 방법을 한번 말해 보게나!"

괴테는 특유의 빛나는 재치로 즉시 답합니다.

> "간단합니다, 교수님! 꿈을 달력의 날짜 옆에 써 놓으면 목표가 됩니다. 그 목표를 잘게 나누면 계획이 되고요. 그리고 그 계획을 하나씩 하나씩 실행하다 보면 사람은 어느새 그 꿈을 이루게 되지요."

어떻게 기다리기라도 했다는 듯이 이런 해답이 나올 수 있을까요? 생각도 하지 않고 술술 대답하는 괴테의 모습에 스승은 할 말을 잃은 듯 했고, 자신의 재치에 스스로 뿌듯해진 괴테 역시 우쭐했겠죠. 하지만 잠시 뭔가 골똘히 생각하던 교수가 이렇게 말합니다.

> "그래, 자네 말이 맞네. 하지만 괴테 군, 자네가 잠을 자면 꿈을 꿀 수 있지만, 자네가 깨어 있으면 그 꿈을 이룰 수 있다네. 그러니 이제 일어나게!"

머리를 한 대 얻어맞은 듯 충격을 받은 제자에게 스승은 또 한 방의 카운터펀치를 날립니다.

> "괴테 군, 자네가 자신의 꿈을 이루는 그 순간, 자네는 다른 누군가의 꿈이 될 걸세."

이후 괴테는 긴 잠에서 깨어나 셰익스피어와 같은 위대한 문호들에 심취하여 문학의 길을 가게 되었고, 스물다섯 살에 『젊은 베르테르의 슬픔』을 발표하며 일약 유럽 문학계의 혜성으로 떠오릅니다. 그리고 희곡, 시, 수필 등 모든 문학 분야는 물론 학문 분야에서까지 재능을 발휘하며 '질풍노도疾風怒濤'라고도 불리는 18세기 독일 문화

부흥기의 주역으로 우뚝 서게 됩니다. ♣

당신이 잠을 자면 꿈을 꿀 수 있지만

당신이 깨어 있으면 그 꿈을 이룰 수 있습니다.

멜론에서 듣기

리스트, 구노의 오페라 〈파우스트〉 중 '왈츠'

나를 위한 추천음악 [1]

하이든의 꿈

하이든Franz Joseph Haydn이란 이름을 들어 보셨나요? 하긴, 음악을 좋아하는 사람이든 싫어하는 사람이든 하이든을 아는 사람보다는 모르는 사람을 세는 게 더 빠를지도 모르겠습니다.

100개가 넘는 교향곡을 써서 교향곡의 아버지로 불리기도 하고, 70여 곡의 현악4중주 작품들 또한 음악을 좋아하는 이들에게 지금까지 큰 사랑을 받고 있습니다.

그중 현악 4중주 '황제'는 지금 독일의 국가로 사용되고 있을 정도로 유명합니다. 연주회장에 와서 연주 중에 떠들고 졸고 하는 귀족들을 골탕 먹이려고 연주 중 갑자기 "빵" 소리 나는 악상을 집어넣은 '놀람' 교향곡도 하이든의 작품이죠. 졸다가 놀라 자존심을 구긴 귀족들은 "이제 또 한 번 놀랄 대목이 나오겠지, 또 속나 봐라!" 하고 눈을 크게 뜨고 음악에 집중했지만, "빵" 소리 나는 대목은 그 한군데 뿐이었습니다.

어쨌든 하이든, 모차르트, 베토벤이 활약하던 시대를 '클래식 시대'라고 하죠. 요즘은 아예 서양음악을 클래식 음악이라고 부르니, 당시 음악이 유럽 음악사에 얼마나 큰 영향을 미쳤는지 알 수 있습니다. 그 중심에는 모차르트와 베토벤을 제자로 두고 클래식 시대의 부흥기를 주도한 음악가 하이든 선생이 있었습니다.

당시 많은 음악가들이 가난과 굶주림에 시달렸지만 하이든은 살아생전 부귀영화와 명성을 모두 누린 멋진 인생을 살았습니다. 연주 여행을 다녀와 보니 마을 사람들이 그의 동상을 만들어 놓고 환영했을 정도였으니까요. 아마 살아서 자신의 동상을 본 몇 안 되는 인물이었을 겁니다. 이런 게 바로 인기를 넘어선 존경이 아닐까요?

한데, 사람마다 기이한 습관을 하나씩은 가지고 있다고 하죠?

이 양반에게는 '돈'이 그것이었던 모양입니다. '짠돌이 종결자'를 넘어서 돈에 매우 집착했던 사례들이 전해지고 있으니까요.

연주하기 전에 연주 사례비가 미리 지급되지 않으면 매우 불쾌한 반응을 보였다고 하고, 심지어 연주 뒤 귀족들이 모여 그날 연주에 대해 칭찬을 하는 자리에서 주최자에게 출연료를 요구하기도 했답니다.

부족할 것 없는 하이든 선생이 왜 그리도 돈에 집착했을까요? 당시 사람들도 참 알다가도 모를 일이라 생각했죠. 한데, 그가 세상을 떠난 뒤 발견된 편지에서 그 의문의 실마리가 풀리게 됩니다. 편지엔 그 많은 재산을 세상과 이웃에게 돌려주라는 유언이 들어 있었던 겁니다!

> 우리 집에서 내 수종을 들던 저 어린 것, 저 불쌍한 아이
> 는 내가 없으면 누가 받아 줄 것인가? 그에게 얼마 얼마
> 를 주기 바란다…. 정원을 가꾸며 수고를 아끼지 않던
> 저 친구, 나를 보면 항상 내 어깨의 먼지를 털어 주었지.
> 저에게 얼마를 주기 바란다…. 아, 그 친구에게 아들이
> 있었지! 몸이 불편한 그에게도 얼마를 주기 바란다….

역시 우리가 존경한 그 어른이 맞다 하면서 사람들 모두가 감동했습니다. 하이든은 66세가 되던 해에 평생의 역작인 오라토리오[1] 〈천지창조〉를 완성했는데요, 하나님이 세상을 만드시던 장면을 음악으로 그려낸, 그야말로 우주적 대작이었습니다.

그로부터 10여년 후, 말년의 하이든 선생께서 기력이 많이 쇠했다는 소식이 전해집니다. 마을 사람들은 한마음으로 그를 걱정했고, 그를 위해 무엇을 할 것인가 논의하다가 그가 그렇게 아끼고 자랑스러워하던 〈천지창조〉의 대공연을 준비하기로 합니다.

마침내 공연이 열리던 날. 사람들은 하이든 선생이 그 자리에 참석해 주기를 간청합니다. 하이든은 부축을 받으며 그 자리에 나와 공연장을 가득 채운 감동을 함께합니다. 연주가 성공리에 끝난 뒤, 만

---

[1]   17~18세기 유럽에서 성행했던 대규모 음악 종교극. 성담곡聖譚曲이라고도 부른다.

장한 관객들의 끝없는 박수 속에서 안내 멘트가 흘러나옵니다.

"오늘 이곳에 하이든 선생님이 오셨습니다!"

그리고 관객을 향해 일어서서 인사하는 노 음악가에게 객석의 누군가가 묻습니다.

"하이든 선생님! 어떻게 이렇게 감동적이고 아름다운 음악을 지어낼 수 있습니까? 당신이 창조해내는 아름다운 음악의 비결은 무엇입니까?"

그러자 하이든은 이렇게 말합니다.

"이것은 내 것이 아닙니다. 모든 것은 '은혜'일 뿐이지요… 하나님이 나를 꿈꾸게 하셨고, 하나님이 들려주신 그 꿈을 난 오선지에 받아 적었을 뿐입니다. 이 모든 것은 은혜로 이루어진 것들입니다…" ♣

유튜브 음악감상실

▶ 생상스, 〈동물의 사육제〉 중 '백조'

 음악은 자신의 영혼이라고 말했던 51세의 생상스는 어느 날 시골의 사육제 풍경을 보게 되었고 사자, 나귀 거북이 등 여러 동물들을 재치 있게 희화한 작품, 〈동물의 사육제〉를 만들게 됩니다. 그중 13번 곡에 들어 있는 '백조'는 그 음악적 아름다움 때문에 많은 사람들에게 사랑받고 있죠. 우리 세대 최고의 첼리스트 요요마의 음악 속에서 우아한 백조의 자태와 잔잔한 물결의 모습을 그려 보세요.

Saint-Saëns, Le carnaval des animaux: XIII. Le cygne

▶ 마스카니, 오페라 〈카발레리아 루스티카나〉의 간주곡

 힐링음악 또는 음악치료 프로그램에서 초조할 때 듣는 음악, 편안할 때 듣는 음악, 슬플 때 듣는 음악, 기쁠 때 듣는 음악, 마음에 안정이 필요할 때 듣는 음악 등 거의 모든 경우마다 추천되는 음악이 있습니다. 한마디로 언제 들어도 좋은 음악이라는 뜻일 겁니다. 27세 시골 학교의 음악교사였던 마스카니가 불과 8일 만에 만들어 출판사 주최 작곡 공모전에 출품해 그야말로 대박을 터뜨린 명작 오페라 〈카발레리아 루스티카나〉에 나오는 간주곡입니다.

Pietro Mascagni, Intermezzo from 'Cavalleria Rusticana'

 멜론에서 듣기

하이든, 교향곡 제94번 '놀람' 2악장
나를 위한 추천음악 [2]

21

알렉산더의 꿈

33년 동안 세상에 살며 전 유럽을 정복한 사람이 있습니다. 우리가 잘 아는 알렉산더 대왕Alexandros the Great은 스무 살에 왕위에 올라 13년 동안 재위하면서 그리스 땅을 넘어 지금의 이집트부터 인도까지 정복했으니 정말 대단하다고 하지 않을 수 없습니다.

지금으로부터 2300년도 더 되는 그 시절에 그리스에서 인도까지, 배낭여행으로도 다녀오지 못했을 거리를 13년 동안 군대를 이끌고 싸워 정복하며 다녔으니 영웅으로 칭송받을 만합니다.

알렉산더 대왕이 여러 개로 나뉘어져 서로 싸우고 있던 그리스의 도시국가들을 한 방에 통일한 뒤 유럽 정복을 위해 헬레스폰트 바다를 건널 때였습니다.

대왕은 원정에 참가한 병사들을 모아놓고 자신이 소유하고 있던 것들을 모조리 부하들에게 나누어 주었습니다. 정말 통 큰 기부에 부하들은 모두 입이 쩍 벌어지고 말았죠.

하지만 좋아할 일만은 아니었습니다. 동전지갑의 먼지까지 톡톡 털어 나눠주는 왕의 행동에 부하들은 오히려 겁을 먹기 시작했습니다. 이것이 자신들을 시험하려는 건지도 모른다고 생각했기 때문입니다.

스무 살의 혈기 넘치는 왕이 주는 선물을 넙죽넙죽 받아 챙기다가는 어느 순간 태도가 돌변하여 자신들을 모두 죽일지도 모른다고 생각한 거죠.

그때 장군 하나가 왕을 떠보기 위해 넌지시 물었습니다.

> "아니, 이렇게 모든 것을 우리에게 주시면 폐하께서는 무엇을 가지시려 합니까?"

그러자 알렉산더대왕은 호탕하게 웃으며 이렇게 대답했습니다.

> "나는 희망을 갖겠노라!"

희망! 그것은 알렉산더대왕이 가지고 싶어 했던 '비전vision'이자 '꿈dream'이라 할 수 있습니다.

이것이 바로 영웅의 꿈이었습니다.

우리가 알고 있는 위대한 영웅들은 모두 꿈을 꾸고 그 꿈을 향해 망설임 없이 달려갔던 사람들입니다. 꿈을 쫓아가서 그것을 이루려 하다 보니 성공은 함께 와 있었죠.

그것이 바로 영웅들의 꿈입니다. ♣

"나는 희망을 갖겠노라"

멜론에서 듣기

슈베르트, '군대행진곡' No.1
나를 위한 추천음악 [3]

▶ 모차르트, 클라리넷 협주곡 2악장

 요즘 말로 히트 제조기라는 이름이 딱 어울리는 모차르트! 쓰는 작품마다 신드롬을 일으키며 관객들을 애태우고, 오선지의 잉크도 마르기 전에 극장에 배달되었던 그의 음악들! 그 많은 작품들 중 클라리넷을 위한 유일한 협주곡입니다. 빈에서 외롭게 살던 모차르트가 자신에게 큰 사랑을 베풀어준 친구인 빈 궁정악단의 클라리넷 주자 안톤 슈타틀러의 은혜에 감사하는 마음으로 썼고, 슈타틀러에 의해 1791년 10월 16일에 프라하에서 처음 연주되었죠. 로버트 레드포드, 메릴 스트립 주연의 영화 〈아웃 오브 아프리카〉에 등장하면서 영화 속의 아름다운 자연과 어우러져 서정적인 감동을 전해주었던 모차르트 클라리넷 협주곡 2악장입니다.

W. A. Mozart, Clarinet Concerto in A2nd movement

▶ 하이든, 현악4중주 17번 작품 '세레나데'

 하이든은 일생 동안 74곡의 현악 4중주곡을 작곡했죠. 그중에서도 고전주의 음악의 장점을 한데 모아 유럽풍 현악 4중주 양식을 확립한 이 곡은 현대에 와서는 단순한 명곡이 아닌 사람의 마음을 차분히 가라앉혀 주는 힐링곡으로 각광받고 있습니다. 하이든 현악 4중주 17번 작품 3의 5번 '세레나데'입니다.

Joseph Haydn, Quartet in F, Andante Cantabile (Serenade)

헨리 포드의 꿈

멋진 꿈은 영웅들만 꾸는 걸까요? 천만의 말씀! 슬픔 속에서도 꿈이 피어납니다.

지금으로부터 백년도 더 전에 미국의 디트로이트에 한 가난한 농가가 있었습니다. 성실한 소년은 그날도 여전히 맡은 일을 열심히 하고 늦은 시간에 집에 도착했고, 집안에 쓰러져 있는 어머니를 발견하게 됩니다. 소년은 황급히 말을 타고 의사를 모시러 마을로 달려갔죠. 하지만 우리가 늘 보는 드라마 속의 이야기처럼, 돌아와 보니 어머니는 이미 숨을 거둔 뒤였습니다. 자신이 의사를 늦게 모셔와 어머니가 돌아가셨다는 자책에 소년은 오래토록 괴로워했죠.

이제 소년은 어머니의 모습을 떠올리며 말보다 빠른 무언가를 만들겠다는 결연한 꿈을 가지게 됩니다. 그것이 무언지도 모른 채, 그저 무엇인가를 만들겠다는 정말 '꿈 같은 꿈'을 말입니다.

소년이 자라 27세의 청년이 되었을 때, 그는 당시 최고의 명성을 자

랑하던 발명왕 에디슨의 회사에 들어가 기술을 배우게 됩니다. 그리
고 내연기관이라는 것을 만들기 시작하죠. 마침내 29세가 되던 해
에 소년은 자동차라는, 그전까지는 상상도 못했던 새로운 기계를 완
성하게 됩니다. 1903년 자신의 이름으로 자동차 회사를 설립한 자
동차 왕 헨리 포드^{Henry Ford}는 마침내 인류의 위대한 역사를 이끈 인
물이 되었습니다.

디트로이트에 있는 자동차기념관에 가면 자동차 산업에 공헌한 많
은 이들의 사진이 걸려 있고 그 사진 밑에는 그들의 업적이 자세히
기록되어 있습니다. 그중에 단 한 줄의 설명만 짧게 적혀 있는 사진
하나 있으니, 바로 헨리 포드의 사진입니다. 그의 사진 밑에 쓰여 있
는 한 줄은 바로 "꿈꾸는 자^{The Dreamer}"입니다.

자동차 산업이 미국 사회와 현대 인류 발전에 끼친 영향을 생각하면
소년 포드의 꿈이 만들어낸 공로는 계산할 수조차 없을 겁니다.

꿈이란 참 신비하죠? 20세 젊은이를 세상의 정복자가 되게 하고, 가
난한 농부를 인류에 가장 큰 영향을 끼친 인물로 만들어내기도 하
니까요. ♣

멜론에서 듣기

바흐, '브란덴부르크협주곡' 4번 1악장
나를 위한 추천음악 [4]

역사가 담천의 꿈

이번에는 동양의 한 노인 이야기입니다.

중국 명나라 말기에 담천談遷이란 역사가가 살았습니다. 지금이야 그를 역사학자라 평가하지만, 당시에는 아무도 알아주지 않던 그야 말로 재야 역사가였습니다.

그래도 담천은 역사를 후대에 알리는 일이야말로 인생의 가장 가치 있는 일이라 생각했죠. 그래서 20여년 동안 혼신의 힘을 다해 명나 라 시대를 아우른 역사서『국각』을 완성해 냅니다. 그때 그의 나이 55세. 당시 수명으로 보면 이미 노인의 반열에 오를 나이였죠.

담천이 역사서를 완성하고 나서 얼마 지나지 않아 그의 집에 도둑 이 들었습니다. 하지만 도둑이 아무리 집을 둘러보아도 담천의 집에 값진 물건이라곤 눈 씻고 찾아보아도 발견할 수 없었습니다. 집을 샅샅이 뒤지던 도둑은 대나무 상자에 넣어 비단 보자기로 고이 싼 『국각』 원고를 귀한 물건으로 여겨 가져가 버립니다.

이 일이 있고 난 뒤 마을 사람들은 집에 들어앉아 두문불출하는 그를 모두들 걱정하게 됩니다. 분명 그가 절망에 빠져 몸져 누워 있을 거라고 생각했죠. 하지만 아니었습니다! 명조의 역사를 후세에 알려야겠다는 책임감과 자신이 쓴 역사서가 후대에 길이 전해질 꿈을 품은 담천은 처음부터 역사서를 다시 쓰고 있었던 겁니다.

그로부터 10년 뒤, 65세 노인 담천은 마침내 눈물과 희망을 버무려 다시 쓴 『국각』을 완성하게 됩니다. 요즘 말로 '국각 시즌2'쯤 되겠죠.

총 104권의 책에 500만 자가 넘는, 실로 어마어마한 분량의 이 책은 이전의 『국각』에 비해 훨씬 생동감 있고 현실적인 내용을 담은 역사서였습니다!

누군가 말했죠?

> "꿈이 있으면 노인도 젊은 것이요 꿈이 없으면 젊어도 늙은 것이다."

정말 그 말이 맞는 것 같습니다. ♣

멜론에서 듣기

헨델, 오페라 〈리날도〉 중 '울게 하소서'
나를 위한 추천음악 [5]

보석감정

인간승리의 진정한 가치는 어디서 올까요? 아마도 그것은 역경을 딛고 일어서는 인간의 의지에서 오는 것이 아닐까요?
최근 많이 거론되는 금수저 이야기 시리즈가 세간을 주눅들게 할 때도 있지만 사실 진정한 승리는 악조건 속에서 이뤄진다는 것을 부정할 수는 없으니까요.

네 번이나 미국 대통령에 당선된 루즈벨트는 소아마비로 많은 고생을 했고 처칠은 조숙아로 태어나 안 걸려본 질병이 없을 정도로 몸이 약했지만 영국 수상으로, 화가로, 나중에는 노벨 문학상 수상자로 세상에 큰 업적을 남겼죠.
존 번연의 명작 『천로역정』은 차가운 감옥 바닥에서 만들어졌습니다. 파스퇴르가 인간의 면역체계를 완성했을 때 그는 반신불수였습니다. 영국 최고의 시인이자 지성이었던 밀턴은 시각장애를 극복하

고 『실낙원』을 썼고, 팍맨 역시 시력이 너무 나빠 10센티미터 정도
의 거리만 희미하게 보이는 가운데 A4용지 크기의 종이에 알파벳
글자 몇 개만 들어갈 정도의 큰 글씨로 20권 대작인 『미국사』를 썼
다고 합니다.

중국의 사마천은 패장을 변호하다 궁형을 당하고도 『사기』를 집필
했고 한비자는 말더듬이였었기에 말 대신 글로 가르침을 주기 위해
『한비자』를 완성했죠.

군인이었던 세르반테스는 전장에서 한쪽 팔을 잃고도 『돈키호테』
를 썼고, 발명왕 에디슨은 청각장애자로서 축음기를 만들었으며, 57
년의 생애 동안 30년을 귀가 멀어 고생하던 베토벤을 우리는 '악성
樂聖'이라 부릅니다.

어떤 보석이 진짜인지 아닌지 알아보는 것을 보석감정이라 하지요.
그중에서 특히 다이아몬드의 진위를 알아보는 가장 기본적인 방법
은 생각보다 아주 간단합니다. 보석을 살짝 긁어보는 것이라고 하지
요. 그래서 긁히면 가짜라고 합니다.

진짜 다이아는 웬만한 힘에는 긁히지 않는답니다. 어찌 보면 긁힌다
는 건 다이아몬드에게 하나의 시험이라 할 수 있죠. 그것을 이겨낸
것이 진짜 보석인 것처럼.

하늘이 사람에게 내리는 보석감정 시험인 어려움, 그것을 견디는 그

사람이 바로 명품 보석인 것입니다. ♣

....

....

....

....

....

....

....

....

....

멜론에서 듣기

하이든, 〈천지창조〉 중 피날레 합창 '세상 모든 목소리여 주를 찬양하라'
나를 위한 추천음악 [6]

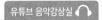

▶ 드보르자크, 〈유머레스크〉 No.7

제목과 내용이 닮은 듯, 어딘가 다른 곡들이 있습니다. 드보르자크의 유머레스크가 그렇습니다.

'유머레스크Humoreque'란 말은 19세기 기악곡에 붙여진 명칭으로 유머가 있고 재미있고 코믹한 성격을 가진 곡을 말합니다. 그런데 드보르자크의 작품은 아름다움과 우아함을 겸비한 선율과 율동적인 분위기 속 어딘가에 스며 있는 슬픔을 느끼게 하는 애수의 정감이 흐르는 서정곡입니다. 미국 국립 음악원장으로 재직 중 휴가차 들른 고국에서 작곡한 이 작품은 체코 보헤미아의 비스카, 그 동유럽의 정서를 그대로 담아 전하고 있습니다.

Antonín Dvořák, 'Humoresque' No.7 in G flat - P. Barton FEURICH piano

▶ 비제, 오페라 〈카르멘〉 간주곡

가끔씩 "마음에 확 달려드는 좋은 음악 좀 없나?" 할 때가 있죠. 프랑스의 작곡가 비제를 사랑할 수밖에 없게 만드는 오페라 〈카르멘〉 간주곡입니다. 하프의 황홀한 울림이 시작되면 그 위에 주옥같은 플루트의 멜로디가 내려와 앉고, 또 거기에 클라리넷이 더해지는가 하면, 곧이어 우리가 찾던 아름답고 잔잔한 화음이 어우러져 오케스트라 전체가 하나가 되죠. 복잡하고 드라마틱하게 전개되는 이야기의 한가운데 이런 간주곡을 띄우다니, 이런 걸 보고 신의 한 수라고 하나요? 비제를 사랑할 수밖에 없네요.

Georges Bizet, Entr'acte from 'Carmen' - Berliner Phil.

33

시간 내서

현대인들은 바쁩니다. 그래서 꼭 필요한 일인 줄 알지만 그 일들을 다 못하고 살죠.

가령, 노부모를 찾아뵈어야 한다거나, 아이들과의 시간을 자주 갖는다거나, 자신만의 시간이나 취미를 가져야 한다거나 할 때 사람들은 꼭 필요한 일인 줄 알지만 그 일들을 다 못하고 삽니다.

하지만 아무리 바빠도 바빠서 점심 못 먹어 굶어죽는 사람 없고, 아무리 바빠도 바빠서 사장님한테 온 문자에 답장 못 해서 회사에서 쫓겨나는 사람은 없습니다. 왜냐하면 아무리 바빠도 '시간 내서' 점심은 꼭 먹고 아무리 바빠도 '시간 내서' 답장은 꼭 쓰니까요.

그러니까 꼭 필요한 일을 하는 유일한 방법은 바로 '시간 내서'입니다.

지금, 가만히, 찬찬히, 곰곰이, 한번 생각해 보세요.

우리들이 하루 종일 매달려 있는 일은 사실 그다지 필요한 일이 아닐지도 모릅니다.

따라서 우리는 정말로 꼭 필요한 일이 무엇인지 생각해 보아야 합니다. 그리고 그리고 우리에게 꼭 필요한 일이 생각났다면 그것을 위해 "바로 지금!" 시간을 내야 합니다. ♣

꼭 필요한 일을 하는 유일한 방법은
바로 '시간 내서'입니다.

멜론에서 듣기

생상스 〈동물의 사육제〉 중 13번 '백조'
나를 위한 추천음악 [7]

전력질주

비행기가 하늘을 날기 위해서 땅을 박차고 하늘로 올라가는 데 걸리는 시간은 3분 정도입니다.

그런데 비행기는 자기가 가지고 있는 연료의 절반을 이륙할 때 다 소비한다고 합니다.

이것이 바로 전력질주죠!

이렇게 전력질주를 해야 비행기는 필요한 궤도에 오르게 됩니다.

그래야만 순풍을 탈 수 있고, 남은 연료로 저 하늘의 원하는 곳을 자유롭게 훨훨 날아다닐 수 있습니다.

이것이 비행의 원리입니다.

그렇다면 우리도 꿈을 펼칠 하늘을 훨훨 날기 위해 에너지와 열정의 절반을 이미 사용했어야 하는 것 아닐까요?

여러분은 어떻습니까? ♣

▶️ 바흐 평균율 1집, 1번

 음악의 아버지 바흐의 위대함을 깨닫게 해주는 이야기는 수없이 많지만, 그 중에서도 그의 음악사적 업적을 말할 때 생각나는 이야기가 있습니다.

바흐는 그의 아들을 위한 피아노 연습곡을 쓸 목적으로 피아노에 있는 건반 하나하나를 기준으로 하는 모든 장조와 단조로 전주곡과 푸가를 만들어 24곡으로 된 2권의 책, 모두 48곡을 작곡했습니다. 하지만 이 책, 연습곡은 웬걸! 최고의 예술성을 담고 있는 걸작 중 걸작이면서 기법으로는 아예 음악예술의 근간이 되는 이론서요 교본이었던 것입니다. 후대 사람들이 이 두 권의 작품을 음악의 구약성서라고 부를 정도였지요.

만약 어느 날 아침, 일어나 보니 세상의 모든 음악이 사라졌다 하더라도, 바흐의 평균율 두 권만 있으면 "이 세상의 모든 음악을 다시 복원할 수 있다"라고 할 정도니 바로 꼭 들어봐야 할 음악이겠지요?

J.S. Bach, BWV846 Das Wohltemoerierte Klavier 1-No.1

 멜론에서 듣기

마스카니, 오페라 〈카발레리아 루스티카나〉 중 간주곡
나를 위한 추천음악 [8]

현재present

더글러스 아이베스터Douglas Ivester는 1997년부터 1999년까지 세계적인 기업 코카콜라를 이끈 최고경영자입니다. 그가 들려주었던 신년사는 전 세계인에게 시간의 소중함을 일깨워준 명연설로 기억됩니다. 지금 가진 이 순간이 얼마나 소중한 것인지 아직 모르는 이들을 위해 성공한 인물이 들려주는 이야기를 한번 들어 보시죠.

일 년의 소중함을 알고 싶으면 입학시험에 떨어진 수험생에게 물어보십시오. 일 년이 얼마나 짧은지 알게 해 줄 것입니다.

한 달의 소중함을 알고 싶으면 미숙아를 낳은 산모에게 물어보십시오. 한 달의 기다림이 얼마나 소중한지 알게 해 줄 것입니다.

한 주의 소중함을 알고 싶으면 주간지 편집장에게 물어보십시오. 한 주가 쉴 새 없이 돌아간다는 것을 알게 해 줄 것입니다.

하루의 소중함을 알고 싶으면 아이가 다섯 딸린 일용직 노동자에게 물어보십시오. 하루 24시간이 진정 소중한 시간이라는 것을 알게 해 줄 것입니다.

한 시간의 소중함을 알고 싶으면 약속장소에서 애인을 기다리는 사람에게 물어보십시오. 한 시간이 정말 길다는 것을 알게 해 줄 것입니다.

일 분의 소중함을 알고 싶으면 기차를 놓친 사람에게 물어보십시오. 일 분의 절박함을 알게 해 줄 것입니다.

일 초의 소중함을 알고 싶으면 간신히 사고를 모면한 사람에게 물어보십시오. 그 짧은 순간에 운명이 바뀔 수 있다는 것을 알게 해 줄 것입니다.

천 분의 일초의 소중함을 알고 싶으면 올림픽 은메달리스트에게 물어보십시오. 그것이 신기록을 세울 수도 있는 긴 시간이라는 것을 알게 해 줄 것입니다.

당신에게 다가오는 모든 순간을 소중히 여기십시오.
시간은 아무도 기다려주지 않습니다.

어제는 이미 지나간 것이요 미래는 신비일 뿐입니다.
오늘이야말로 당신에게 주어진 최고의 선물입니다.

그래서 우리는 '현재Present'를 '선물Present'이라고 합니다. ♣

멜론에서 듣기

마스네, 〈타이스〉 중 명상곡
나를 위한 추천음악 [9]

▶ 바흐-구노, '아베 마리아'

요즘처럼 저작권에 민감하지 않던 시절에는 자기 작품 속에 좋아하는 이의 작품을 조금씩 넣는다던가 하는 행동이 그에 대한 존경의 표시로 이해되곤 했습니다. 슈만의 작품 속에서 슈베르트가 자주 발견되는 것처럼 말이죠. 아예 바흐의 곡을 반주 삼아 자신이 멜로디를 올려 작품을 만든 이가 있습니다. 바흐의 피아노 〈평균율〉 1번 프렐류드에 멜로디 라인을 얹어 편곡하고, 거기에 라틴어 가사를 붙여 만든 바흐-구노, '아베 마리아'입니다. 대가의 작품에 대가의 편곡이라 감동도 곱빼기네요.

J. S. Bach/ Gounod, Ave Maria, - Yo-Yo Ma, Kathryn Stott

▶ 슈트라우스, '내일'

리하르트 슈트라우스의 사랑 고백은 진지함과 차분함의 결정판을 보이고 있습니다. 결혼하는 날 사랑하는 아내에게 헌정한 이 곡은 현대를 사는 우리에게 큰 울림을 전하는 듯합니다.

내일도 태양은 다시 빛날 것입니다.
내가 가는 그 길 위에
우리는 행복으로 하나가 될 것입니다

Richart Strauss, Morgen - Joyce DiDonato

아이스크림

"아이스크림이… 참 맛있다!"라고 느낄 때 그 아이스크림은 이미 입에서 녹아 없어졌을 때입니다.

이 맛있는 게 영원히 우리 입속에 있었으면 좋겠다고 생각하죠?

하지만 아이스크림이 맛있다고 느낄 때, 미안하지만 아이스크림은 이미 사라지고 없습니다. 마치 시간처럼요.

현재란 시간은 존재하지 않습니다.

우리가 현재를 인식하려는 순간 그것은 이미 과거가 되어 버리기 때문입니다. ♣

멜론에서 듣기

드보르자크, 〈유머레스크〉 No. 7

나를 위한 추천음악 [10]

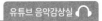

▶ 모차르트, 플루트와 하프를 위한 협주곡 k.299 2악장

 현을 뜯어 소리 내는 천상의 악기 하프와 금속으로 만들었지만 음색이 부드러워 목관악기로 분류되는 플루트의 따뜻한 콜라보레이션이 사람의 마음을 진정시키는 특효약 같습니다. 거기에 우아하고 반듯한 모차르트 표 화음이라니! 모차르트의 플루트와 하프를 위한 협주곡 k.299 2악장을 소개합니다.

W. A. Mozart, Concerto in C, KV.299, 2nd Movement, Symphonia Vienna, RAMA WIDI

▶ 쇼팽, 피아노협주곡 1번 2악장 '로망스'

 스무 살의 쇼팽은 장래가 촉망되는 차세대 뮤지션의 선두주자로 많은 사람들의 관심과 사랑을 한 몸에 받았습니다. 당시 그에게는 마음에 두고 있는 여인이 있었는데, 사실은 한 번도 표현조차 못한 사랑이었죠. 바르샤바 음악원 친구인 콘스탄차를 위한 마음으로 썼지만 고백도 헌정도 하지 못한 곡! 하지만 시대를 넘어 엄청난 감동과 사랑을 전하는 이 곡은 음악의 노벨상이라 부르는 쇼팽 콩쿠르의 결선 곡으로도 유명합니다. 2악장 '로망스'에 대해 얘기한 그의 편지에는 "낭만적이고 아름다운 봄날 그 추억의 달빛"이라는 표현이 나옵니다. 끝없이 흘러나오는 추억의 달빛을 함께 즐겨 보시죠. 쇼팽 피아노협주곡 1번 2악장, '로망스'입니다.

Fryderyk Chopin: Piano Concerto No.1 in E Minor, Op.11-2. Romance (Larghetto)

스위스 시계

스위스의 아름다운 자연경관 앞에 서면 탄성이 절로 나옵니다. 특히 알프스는 산이라기보다 하나님이 만드신 거대한 조각 같습니다. 그래서 그 앞에 서면 누구나 "야, 그거 참 예술이네!" 하는 소리가 절로 나옵니다.

자연의 아름다움만 그런 것이 아닙니다. 스위스 초콜릿은 그야말로 "못 먹어봤으면 말을 하지 말아라."입니다. 그래서 먹어본 사람은 누구나 "야, 그거 참 예술이네!" 합니다.

누구나 갖고 싶어 하는 스위스 시계도 마찬가지입니다. 스위스 시계는 단지 돈벌이나 유행을 위한 잔기술이 아닙니다. 손에 차는 순간 "야, 그거 참 예술이네!" 할 수 있는 그야말로 명품입니다.

스위스 시계가 세계 누구나 알아주는 명품이 된 데에는 역사적 배경이 있습니다. 1500년대 후반에 불어 닥친 종교 박해를 피해 유럽

최고의 시계 기술자들이 모여든 곳이 바로 제네바였습니다. 유럽의 시계 장인들이 그곳에 정착하게 되면서 스위스는 세계 시계 산업을 주도하는 중심지가 됩니다. 해시계, 물시계를 포함하여 6천 년 시계 기술을 집약한 역사와 전통이 스위스의 한 도시에서 인류 문화유산 으로 꽃피게 된 것이죠.

아주 오래전 제가 스위스의 어떤 시골 마을을 여행하던 중 우연히 들른 시계박물관에서 특별히 전시해 놓은 진귀한 시계 하나를 보았 습니다. 안경알만한 크기의 동그란 시계는 화려한 문양으로 가득했 고 보통의 시계가 그렇듯이 가슴에 초침과 분침 그리고 시침을 품 고 있었습니다. 여기까지는 어디에나 전시되어 있는 다른 명품 시 계들과 비슷했는데, 어딘가 모르게 좀 다른 구석이 있는 것 같았습 니다. 하지만 무엇이 다른지는 알 수 없었죠. 그래서 저는 한참 동안 그 시계를 뚫어져라 관찰할 수밖에 없었습니다.

그리고 드디어 저는 숨은 비밀을 찾아냈습니다.

"그래, 맞아! 이거야!"

이 시계는 가장 굵은 시침을 동으로, 분침을 은으로, 그리고 가장 가 는 초침을 금으로 만들었던 겁니다.

"금이 좀 모자랐나? 까짓거 얼마나한다고 이 좋은 작품에 금을 아 낄까?"

당연히 저는 전시 담당자에게 물어보았습니다. 당신 할아버지는 왜 시침과 초침의 재료를 바꾸어서 만들었나요?

그랬더니 그 양반, 기다렸다는 듯이 이 시계를 보는 사람들은 다 그렇게 물어본다며 시계의 뒷면을 보여주었습니다. 거기엔 그의 할아버지가 시계를 완성한 뒤 직접 새겨 놓은 문구가 있었습니다.

　　　　　초를 잃는 사람은 인생의 모든 시간을 잃는다.

그리고 장인의 자손은 이렇게 말했습니다.

　　　　　1초를 아끼지 않는 사람이 어떻게 1분과 한 시간을 아
　　　　　낄 수 있습니까?
　　　　　1초에 충실한 사람은 하루를 얻고 일생을 얻습니다.
　　　　　1초에 소홀한 사람은 하루를 잃고 일생을 잃습니다.
　　　　　인생의 승패는 우리가 가진 순간순간에 달려있습니다.

시계도 대답도 참 예술이죠? ♣

멜론에서 듣기

리하르트 슈트라우스, 4개의 가곡 중 '내일'
나를 위한 추천음악 [11]

멍청이들의 시간사용 매뉴얼

하나님이 우리에게 주신 가장 위대한 선물인 시간!

하지만 이미 놓치고 지나간 시간들을 인간의 힘으로 어떻게 할 수 있을까요?

하나님은 이런 질문을 하는 바보들에게 기적과도 같은 마법의 선물을 옵션으로 주셨습니다.

바로 '멍청한 녀석들을 위한 시간 사용 매뉴얼'입니다.

> 후회는 아무리 빨라도 늦은 것이요, 시작은 아무리 늦어도 빠른 것이다. 그리고 길은 항상 네가 서 있는 그곳에서부터 시작한다.

지금부터라도 정신 차리고 시간을 아끼면 기회는 다시 온다는 희망의 메시지입니다. ♣

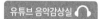

▶ 바흐/구노, '아베 마리아' (바비 맥퍼린)

 세계적인 천재 재즈 아티스트 바비 맥퍼린의 절대음악성을 확인할 수 있는 시간입니다.

"나는 바흐를 부를 테니 당신들은 구노를 부르시오."

최강의 절대음감 바비와 관객이 함께 만드는 마법 같은 바흐–구노의 '아베 마리아'입니다.

J. S. Bach Gounod, Ave Maria - Bobby McFerrin

 멜론에서 듣기

비제, 오페라 〈카르멘〉 간주곡
나를 위한 추천음악 [12]

천사와 사람의 차이

독일에 가면 도시마다 아름다운 산책로가 너무도 많습니다. 그중에
도 하이델베르크 근교의 한 산책로는 누구라도 들어서면 당장 철학
자가 될 것처럼 아름답습니다. 이곳에 전해지는 이야기가 있습니다.

어느 철학자가 이곳을 산책하던 중 마음에 큰 감동을 받아 길의 초
입에 있는 아름드리나무에 이렇게 새겨놓았답니다.

> 하나님은 누구에게나 날개를 달아주셨다.

두 번째 철학자가 역시 산책을 하다가 그 글을 보고 고개를 끄덕이
며 참 좋은 말이라고 묵상하며 중간쯤의 나무에 이렇게 새겨놓았
지요.

그 날개는 당신의 가족과 이웃이다.

얼마 후 세 번째 철학자가 왔다가 두 개의 글을 보고 길 끝에 있는 나무에 이렇게 쓰고 갔습니다.

그 날개를 가볍게 여겨 훨훨 나는 것이 천사요, 날개를 짐처럼 무겁게 여겨 날지 못하는 것이 사람이다.

당신은 천사입니까? 사람입니까? ♣

**날개를 가볍게 여겨 훨훨 나는 것이 천사요,
날개를 짐처럼 무겁게 여겨 날지 못하는 것이 사람이다.**

멜론에서 듣기

바흐-구노, '아베 마리아'
나를 위한 추천음악 [13]

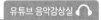

▶ 마스네, 오페라 〈타이스〉의 명상곡

 오페라는 무대 종합예술이라는 이름이 말해주듯 많은 히트 요소를 가지고 있습니다. 유명한 아리아가 있다든지 합창 명곡 또는 간주곡 등이 등장한다든지 말이죠. 프랑스의 문호 아나톨 프랑스의 소설을 소재로 한 마스네의 오페라 〈타이스〉는 무용수인 타이스와 수도사인 아타나엘의 이야기를 다루고 있는데요, 제2막 제1장과 제2장 사이 아타나엘이 타이스의 유혹을 물리치기 위해 명상을 하는 장면에서 흐르는 간주곡은 타락한 생활에서 벗어나려는 종교적인 열정을 나타낸 아름다운 바이올린 곡으로, 지금도 많은 사람들의 사색과 명상을 이끌어냅니다. 타이스의 명상곡이라는 이름의 대단히 아름답고 감동적인 이 작품은 '종교적 명상곡'이라고도 불리고 있습니다.

Jules Massenet, 'Meditation from Thais' for Violin and Piano

▶ 슈베르트, 즉흥곡 D935 2번

 요즘 말로 필살기, 전문적인 단어로는 '경쟁력'이라고 할까요? 슈베르트의 천재성을 논할 때 기억할 두 가지 요소가 있습니다.

슈베르트 아니면 안 되는, 슈베르트였기에 가능했던 두 가지! 그 첫 번째는 대중적 감성을 이해하고 스며들 수 있는 소품 명곡들입니다. 거장들이 쏟아내는 소나타와 같은 대곡들의 흐름 속에서 작은 소품에 자신의 감성을 녹여 담은 걸작들입니다. 두 번째는 차분함과 진지함입니다. 장조의 조성으로 만든 곡인데 차분하다 못해 슬퍼지기까지 하는 이 느낌은 뭘까요? 그러면서 음악을 듣는 이들을 치유하는 슈베르트의 마법과 같은 즉흥곡을 소개합니다.

Franz Schubert, Impromptus D935 No. 2

제2악장

사랑

그리고 내 사랑을 위한 음악들

내 사랑에
배경음악을
깔아준다면…

사랑한다는 그 말

5월의 대학가 그리고 어버이 주간, 필자는 그때가 되면 강의 시간에 학생들에게 꼭 권하는 일이 하나 있습니다. 바로 문자서비스죠.

"자, 모두들 핸드폰을 꺼내세요."

말이 끝나면 모두들 입가에 미소를 띠고 전화기를 켭니다.

필자가 강의하는 모든 클래스의 학생들은 이렇게 어버이 주간이 되면 항상 어머니, 아버지께 문자를 보내드리는 일종의 행사를 합니다.

"지금부터 부모님께 문자를 보냅니다. 그리고 그 문자에는 '사랑한다'는 말과 '미안하다'는 말을 꼭 넣어서 문장을 만들어야 합니다. 5분 뒤에 보낸 문자를 내가 직접 확인하구요, 안 보낸 사람은 감점 처리됩니다."

물론 감점은 안 하죠, 그냥 말이 그렇다는 거구요.

어쨌든 학생들은 문자를 보내기 시작합니다. 옆 친구와 깔깔대면서 쓰는 녀석… 남이 볼까 화면을 가리고 수줍게 쓰는 녀석… 그리고 전송버튼!

이렇게 답장을 기다리는 몇 분 동안 나는 아이들에게 옛날 이야기 한 편을 들려줍니다.

옛날에 하나님이 하늘에서 아기를 만드셨단다. 태아가 되어 누군가의 뱃속에 좌석을 지정받은 이 아기에게 시간을 알리는 천사가 등장해서 오리엔테이션을 하는데 왈, "너는 지금부터 열 달 뒤에 세상으로 나가게 될 거야." 했어. 그리곤 정확한 일정과 나갈 때는 머리부터 내밀라는 등 행동요령까지 상세히 알려 주었지. 그 말을 들은 아이는 혼자 세상에 나가는 것이 무척이나 걱정스러웠지. 한마디로 쫄았어! 그래서 그 날부터 매일 하나님께 기도했대.

"하나님, 세상에 혼자 나가야 한다니 정말 걱정이네요. 혹시 저를 위해 수호천사를 하나 만들어 주시면 안심하겠는데요…."

그러자 하나님께서 말씀하셨지.

"그래, 걱정마라. 내가 너를 위해서 벌써 네 수호천사를 보내 놓았다."

"오예, 그럼 어떻게 알아보죠?"

"가 보면 다 알게 된단다."

"아니, 인상착의라도 알려주시면 안 될까요?"

"가 보면 안대두…"

"목소리라도 한번 미리 들려주시면 찾기가 좋을 거 아네요?"

아무리 졸라도 하나님은 그냥 가 보면 안다고 하셨어.

그리고 열 달. 천사가 등장할 시간이 되었어.

"자, 그럼 지금부터 열을 센 뒤에 너는 세상으로 나가게 된단다. 카운트다운 10, 9, 8……"

"오호후, 잠깐만요!"

겁에 질려 자기 탯줄을 꽉 잡은 아이는 하나님께 또 기도하면서 졸랐단다.

"이름, 이름을요. 이름만이라도 좀 알려주시면 안 될까요! 제발요 하나님…"

그때 하나님은 웃으면서 대답해 주셨지.

"그 천사의 이름은… 엄마다"

"!!……"

나의 이야기가 끝날 때쯤 되면 답장들이 오기 시작합니다. 답장을 확인하는 아이들… 여학생들은 하나 둘씩 눈물을 닦기도 하고 남학생들은 상기된 얼굴로 겸연쩍어 하는 훈훈한 시간이죠.

그런데, 아이들에게 오는 답장에도 급수가 있습니다. 몇 년 전, 갓

군에서 제대해 복학한 복학생이 있었습니다. 이 친구가 어머니로부터 받은 답장이 역대 일등입니다. 부모님께 문자를 보내는 것이 너무나 어색했던 녀석은 어떻게든 손가락 오그라드는 순간을 모면하려 이리저리 빼고 있다가 나에게 딱 걸렸죠.

"빨리 보내!⋯"

"아, 교수님, 어버이날이 되려면 며칠 남았는데 나중에 제가 알아서 보낼게요!"

"한 학기 '빵구' 나 보고 내년에 보낼래?"

마지못해 휴대폰을 꺼낸 녀석은 한참 동안 휴대폰만 만지작만지작, 땀을 삐질삐질 흘리더니 겨우 몇 자 적은 모양입니다.

"가져와 봐, 휴대폰⋯"

그리고 녀석의 문자를 본 나는 경악을 금치 못했습니다.

"어이, 김여사⋯ 으이씨, 내가 미안해~ 그리구 말야~ 내가 사랑해^^"

지독히도 쑥스러웠던 모양입니다. 하긴 군대 다녀올 나이까지 한 번도 마음속 애정 표현을 해본 일이 없는 우리네 정서를 생각하면 그리 이상한 일도 아닐 테죠.

그리고 잠시 후, 녀석의 어머니로부터 답장이 왔습니다.

문제의 그 답장. 역대 1등의 답장입니다.

"뭐여? 공부하라고 핵교 보내놨더니 낮술 먹은겨?"

대박~ 하지만 이 역시 애정표현입니다. 정서적 통역이 좀 필요할 뿐.

"엄마 사랑해요"

"그랴 아들아 엄마도 사랑한다, 고맙구나."

이 뜻이 아니겠습니까?

◆ ◆ ◆

어쨌든 이 문자 사건 이후로 필자는 아이들에게 학기 중 한 번씩 특이한 과제물을 내주게 되었습니다.

TV에서 개그 프로를 보고 감상문을 써오는 것과 감동적인 휴먼 드라마 소재의 극장영화를 한편 보고 감상문을 써오는 것입니다.

웃어야 할 때 웃지 못하고 울어야 할 때 울지 못하는 잠자는 감성을 가지고 어떻게 또 다른 이들의 잠자는 감성을 깨우고 서로의 마음과 사상을 전달 할 수 있을까 하는 마음에서죠.

그런가하면 가슴 먹먹한, 이런 문자도 있었습니다.

학생들을 가르치다 보면 이런저런 사정으로 나이가 많아서 대학에 들어오는 경우들이 종종 있죠. 애가 둘이나 되는 한 중년의 여사님은 남편의 권유로 늦게 공부를 하게 되었고, 직장생활 12년차인 정 과장이란 분은 찬양사역자가 되기 위해서 늦게 왔죠. 하여튼 이유들도 가지가지입니다.

학생들의 자취촌에 어느 날 등장해서 큰형님으로 불리는 분이 있었습니다. 학업에 대한 열의로 똘똘 뭉친 늙은 학생, 필자의 강의를 들으셨습니다. 자신에게는 부족한 것이 너무 많다고 느끼셨는지 항상 질문거리를 가지고 다니시는 질문 대왕이었습니다.

사실 모든 선생들은 질문 많이 하는 학생을 제일 좋아합니다. 적어도 저에게는 그렇습니다. 그래서 필자가 그분에게 호감을 가졌을지도 모를 일입니다.

이분은 필자와 겨우 두 살 차이인데다가 현직 목사님이셨습니다. 그러니 크리스천인 필자에게는 아무리 학생이라도 어려울 수밖에 없었죠. 이분도 피해갈 수 없는 시간이 있었으니 바로 문자서비스였습니다.

어느 해였던가. 여느 해와 같이 우리는 즐거운 문자를 보냈고 여느 해와 같이 웃음과 눈물의 답장이 오갔습니다. 그리고 그 다음 주 강의가 있던 날 저녁, 퇴근 후에 전화가 한 통 왔습니다. 그 늙은 학생 목사님이었습니다.

"오늘 낮에 학교에서 꼭 드릴 말씀이 있었는데 기회를 못 잡아 지금 전화를 드립니다. 시간이 좀 걸리는 긴 얘긴데 괜찮으시겠습니까?"

약간은 비장해 보이는 목소리,

"지난 수 강의 때 보낸 문자 말씀인데요, 사실 저에게는 힘든 일이었습니다. 왜냐하면 저는 '엄마'라는 말을 해 본 일이 없거든요"

"네에? 무슨 말씀…"

순간 저는 당황하면서 대답할 수밖에 없었죠.

　"제가 아주 어렸을 때 어머니는 집을 나가셨습니다…"
민망한 마음과 함께, 목사님이 이런 말씀을 하실 땐 뭐라고 해야 할지 난감했습니다.

'어머니'라는 이름이 누군가에게는 낯선 이름, 미운 이름, 아니 진심으로 그리운 이름이기도 합니다.

아들이 어려서 집을 나가신 어머니는 늙고 병들어 아들을 찾았고 아들은 그저 어머니가 노인 요양시설에 계신 것을 확인 하는 것으로 만족해야 했습니다. 그리고 어머니라는 이름은 그에게 여전히 서먹한 이름일 뿐이었겠죠. 그런 어머니에게 "사랑한다"는 말과 "미안하다"는 말을 넣어 문자를 보내라니?

그러고 보니 그분이 교회를 개척해서도 청소년 사역에 미친 듯 힘쓰고 대학가 후배들을 마치 친동생들처럼 아끼던 것도 다 그럴만한 이유가 있었구나 싶었습니다.

　"한참을 망설였습니다. 그리고 용기를 내서 교수님 말씀대로 문자를 보냈습니다. …그래서 교수님께 정말 감사하다는 말씀을 드리고 싶었습니다."
　"잘 하셨어요, 그런데 뭐가 고맙다는 말씀이신가요?"
　"지난주에 어머니가 돌아가셨습니다."
　"아!…"

목사님은 문자를 보내셨고 이튿날 어머니가 돌아가셨다고 했습니다. 그리고 병원을 찾은 목사님의 눈에 침대 옆 어머니의 휴대폰이 들어왔다고 합니다.

"그 문자를 읽으셨는지 휴대폰을 확인하지 못했습니다. 용기도 없었고요… 하지만, 어머니께서 그 문자를 보셨을 것이라는 확신이 듭니다. 아니, 분명히 보셨어요. 그래서 교수님께 너무나 감사합니다. 어쩌면 평생 후회로 남을 수 있었던 일을 그래도 한 번은 해볼 수 있었으니까요."

목사님이 이런 말씀을 하실 땐 뭐라고 해야 하는지 결국 답을 찾지 못한 나는 한편 다행이라는 생각과 함께 먹먹한 마음으로 전화를 끊을 수밖에 없었습니다.

◆ ◆ ◆

"다음에, 언제 한번 만나자구!"

우리는 "다음에" "언제 한번"이라는 말을 너무 함부로 쓰고 있는 것 같습니다.

미안하지만 "다음에"나 "언제 한번"은 결코 오지 않는답니다. 아니, 그런 시간은 처음부터 없었습니다.

하나님께서 우리에게 주신 시간이라는 선물, 그것은 하나님의 사랑이 담겨있는 세상에서 가장 진실한 선물입니다. 그래서 시간에는 하나님의 진실과 사랑이 담겨 있습니다.

하지만 "다음에" "언제 한번" 속에는 진실도 사랑도 담겨있지 않고 그래서 처음부터 아예 존재하지도 않은 시간이라고 어느 시인은 노래했습니다.

누군가를 사랑한다면 "다음에" 말고 "지금 당장" 사랑한다고 크게 말하라는 이유가 여기에 있습니다.

하긴 공부를 하든, 사랑을 고백하든, 하나님을 믿든, "다음에"는 없는 거, 그거 맞는 말입니다.

여기 기쁜 소식 한 가지가 있습니다. 십여 년간 공석이었던 2등 답장의 주인공이 얼마 전에 나온 겁니다. 1학년 신입생으로 들어온 녀석이었죠. 생각보다 똘똘한 이 녀석은 매사에 적극적이라서 좋았습니다. 그리고 이 녀석도 어버이 주간 문자를 보냈습니다. 해마다 아이들 문자 보내는 것을 보면 남학생이나 여학생이나 엄마께 보내는 경우가 많죠. 아무래도 마음속 표현을 하기엔 엄마가 좋은가 봅니다. 그런데 역시 이 녀석, 아버지께 보냈습니다.

한 5분 지났나, 드디어 역대 2등의 답장이 도착합니다. 그런데, 문자는 아버지께 보내고 답장은 다른 데서 왔다는! 강의실을 초토화시킨 역대 급 답장에는 이렇게 써 있었습니다.

OOO님으로 부터 20만원 입금 확인되었습니다.

-국민은행

"한 턱 쏴! 한 턱 쏴!"

아이들의 구호가 옆 반 강의를 방해할 정도로 높아가고 상기된 녀석의 얼굴은 자랑스러움 그 자체였죠. 녀석에게 내가 한 가지 제안을 했습니다.

"20만원에 만족하면 너는 비전이 없는 녀석이야. 너 그 20만원으로 200만원 버는 방법 내가 알려 줄까?"

녀석의 똘똘한 눈이 더 똘망해집니다.

"그 돈을 가지고 백화점에 가서 할머니 옷을 하나 사라. 제대로 비싸고 좋은 걸루. 아주 새빨간 색으로다가."

옆에 있던 아이가 묻습니다.

"얼마짜리요?"

"뭐가 얼마짜리야, 당연히 20만원짜리지. 그리고 좀 더 투자해서 말이야. 맛있는 케이크하고 꽃다발 하나 만들어 가지고 할머니께 가는 거야. 그래서 하루 종일 놀아드리고 선물을 드린 다음에 저녁에 집에 올 때 할머니를 한번 꼭 안아드리면서 '사랑해요~' 말하고 귓속말로 할머니께 '아버지가 꼭 이렇게 해드리래요'라고 말씀드리는 거야. 그리고 집에 와서 아무 얘기 하지 말고 3일만 기다려봐. 그러면 너 갖고 싶은 거 다 가질 수 있을 거다."

떠들면서 얘기를 듣던 아이들이 숙연해지고 그중 한 아이가 이렇게 말했습니다.

"교수님, 어떻게 그렇게 드라마 작가 같은 생각을 하세요? 감동이예요."

아이의 말에 저는 이렇게 대답했습니다.

"드라마작가… 그래 맞다. 드라마지. 인생이란 원래 한 편의 드라마란다. 가까이서 보면 비극이요, 멀리서 보면 희극인 드라마. 그 드라마를 한 줄 한 줄 써내려가듯이 우리는 그저 하루하루를 원고지삼아 열심히 써내려가고 있을 뿐이야."

아이들과 함께 잔잔한 감동을 느끼고 있을 때 한 녀석이 적막을 깨는 어려운 질문을 합니다.

"그럼 우리같이 20만원이 없는 사람들은 어떻게 종자돈 벌어요?"

"어떻게 하긴 뭘 어떻게 해? 문자 보내야지."

"얘들아 다 같이 아버지께 이렇게 문자 보낸다. '아버님 사랑합니다, 제 계좌는 ××은행이예요~' 단체문자, 시작!" ♣

멜론에서 듣기

리스트, '사랑의 꿈' No.3

나를 위한 추천음악 [14]

▶ 발페, 오페라 〈보헤미아의 소녀〉 중 '대리석 궁전에 사는 꿈을 꾸었네'

 이렇게 좋은 발라드 곡을 누가 만들었을까? 이 곡을 크로스오버곡인 줄로 착각하는 관객이 생각보다 많습니다. 200년 전 아일랜드 작곡가가 쓴 곡이라고는 믿어지지 않을 만큼 아름답고 서정적인 이 곡은 사실 오페라에 나오는 아리아랍니다. 어디선가 한 번 쯤은 모두 들어봤을 이 곡은 요즘 방영되는 드라마 O.S.T.로 써도 손색이 없을 만큼 대중적인 감성을 자랑하는데요, 아일랜드 더블린 출신의 발페가 처음엔 바이올리니스트로, 다음엔 성악가로, 그리고 다음엔 오페라 작곡가로 활동하며 만든 곡입니다. 오페라 〈보헤미아의 소녀〉 중 '대리석 궁전에 사는 꿈을 꾸었네'라는 이 곡을 들으면 "아~ 이 노래~" 하실 겁니다.

Michael William Balfe, I Dreamt I Dwelt in Marble Halls from the oprea <The Bohemian Girl>

▶ 쇼팽, 녹턴

 내면적 자기성찰의 구도자였던 쇼팽은 화려한 작품 활동 가운데 20여년에 걸쳐 21개의 진심어린 고독의 결과물을 만들어냈는데요, 바로 야상곡이라고 불리는 녹턴입니다.
눈물 나도록 아름다운 음악 속 비춰진 우리의 내면에는 어떤 풍경이 펼쳐질까요?
Fryderyk Franciszek Chopin, Nocturne Op.9 No.1

▶ 바흐, 토카타와 푸가 D단조 (슈바이처의 오르간 연주)

인생의 3분의 1은 자신을 만드는 데 쓰고 인생의 3분의 2는 남을 돕는데 쓰겠다고 다짐하고, 그대로 이룬 사람… 아프리카의 성자 알버트 슈바이처 박사입니다. 사실은 그가 오르간 전문가였다는 사실 알고 계시죠? 연주자급 실력은 물론이고 풍압에 의해 소리가 왜곡되는 문제까지 해결한 소리의 달인이었죠. 세계 바흐협회에서 감사의 표시로 그가 있는 아프리카의 가봉공화국으로 오르간을 배에 실어 선물로 보낼 정도였습니다. 아프리카 오지에서 힘든 하루를 보낸 자신에게 주는 선물로 밤하늘 반짝이는 별빛을 보며 오르간을 연주하는 그의 모습이 상상되시나요? 그가 의료기금을 위해 연주한 바흐의 토카타와 푸가 D단조 녹음이 있습니다. 오르가니스트 알버트 슈바이처 박사를 소개합니다.

J.S. Bach, Toccata and Fugue in D Minor, BWV 565 - Albert Schweitzer

▶ 스메타나, 교향시 모음곡 〈나의 조국〉 중 2번 몰다우

우울할 때 듣는 추천음악으로 체코 출신의 국민음악의 아버지로 불리는 스메타나의 교향시 모음곡 〈나의 조국〉 중 2번 몰다우가 있습니다. 물의 발원지에 보글보글 물방울이 올라오는 장면부터 그것이 모여 시냇물이 되고 다시 큰 강물이 되더니 굽이치는 급류를 이루고 드디어 유유히 프라하를 지나 대하가 되는 장면들을 묘사하고 있죠. 눈을 감고 음악을 들으면서 머릿속에 그 모습을 따라 그리다 보면 "우울? 그게 뭔데?" 하게 됩니다.

Bedrich Smetana, Vltava(The Moldau) - Urbański · Berliner Philharmoniker

로케트

1981년 최초의 유인 우주왕복선 컬럼비아호의 이륙 장면이 세계에 중계되었습니다. 인류가 우주 개발의 시대에 본격적으로 들어섰음을 알리는 신호탄이었습니다.

콜럼비아호를 선두로 우주왕복선 발사 프로젝트는 챌린저호, 디스커버리호, 애틀랜티스호, 엔데버호 등으로 이어졌습니다.

카운트다운이 시작되면 하얀 구름 연기와 함께 불길이 일고 지축을 흔드는 진동과 수십 킬로미터 밖에서도 들릴 만한 굉음을 내며 우주선이 땅을 박차고 날아갑니다.

무게 2,227톤에 길이가 37.2미터, 폭 23.8미터의 우주선이 날아오르는 속도는 마하25라고 합니다. 1초에 약 9킬로미터의 속도, 다시 말하면 10층짜리 아파트 한 동이 똑딱 하는 순간 서울역에서 서초동 예술의전당까지 순간이동 하듯 솟아오르는 셈이죠. 인간이 만든 과학이라고 하지만 우리의 머리론 상상이 잘 안 가는 일입니다.

그런데 알고 보면 매우 간단한 운동법칙 하나로 우리는 이렇게 엄청난 일을 해내고 있습니다. 만유인력의 법칙을 발견한 뉴턴의 제3 운동법칙인 "작용과 반작용의 법칙"입니다. 테니스공을 벽으로 힘껏 던지면 던지는 힘의 세기가 클수록 공은 멀리 튕겨 나간다는 것이죠. 마찬가지로 로켓이 아래쪽을 향해 강하게 폭발할수록 그 반동으로 로켓은 더 강하게 위로 올가간다는 것입니다.

그런데 이 뉴턴의 작용과 반작용의 힘은 나사의 발사대에만 있는 것이 아닙니다. 인간의 마음속에서 더 크게 작용하는 사랑의 작용과 반작용의 법칙이 그것입니다.

둘러보세요. 우리 주위에서 많은 사랑을 받는 사람은 이미 많은 사랑을 베푼 사람이라는 걸 아시게 될 겁니다! ♣

멜론에서 듣기

바흐, '브란덴부르크협주곡' 5번 1악장
나를 위한 추천음악 [15]

남자의 자격

〈남자의 자격〉 이라는 TV 예능프로가 있었습니다. 2010년 과 2011년 대한민국은 가히 '남자의 자격' 열풍이었죠. 제목이 말해주듯이 이 프로그램은 남자로서 세상에 살아가는 동안 한번쯤 해 보아야할 것들에 대한 도전을 다룬 예능 프로였습니다.

그렇다면 남자의 자격이 정말 무엇인지 한번 얘기해 볼까요?

컬럼비아 바이블칼리지의 전 학장이었던 로버트 매퀴킨이란 분의 이야기입니다. 아내 무겔이 치매로 고통을 받게 되자 남편의 자격을 놓고 고민하던 매퀴킨은 학장직을 포기하고 아내 곁을 지키기로 결심합니다. 그리고 그는 자신이 사임하는 이유를 이해하지 못하는 학교와 학생들에게 다음과 같은 한 장의 편지를 남깁니다.

　나의 사랑하는 아내 무겔이 지난 8년 간 정신건강이 점점 허약해지는 가운데 지내왔다. 지금까지는 점점 늘어나는 아내의 수발과 컬럼비아 바이블칼리지에서 내가 맡은 지도자로서의 책임을 둘 다 어느 정도 감당해올 수 있었다.

그러나 최근에 나는 무겔이 그녀와 온종일 함께 있어 주기를 몹시 바라고 있다는 사실을 분명하게 느끼고 있다.

어떤 점에서 이 결정은 42년 전 결혼서약 때, 병들 때나 건강할 때나 죽음이 갈라놓을 때까지 서로를 돌볼 것을 맹세했을 때 이미 이루어졌다.

그리고 이 결정은 공평함과도 관계가 있다.

아내는 지금까지 42년간 전적으로 자신을 희생하며 나를 내조해 왔다.

지금부터 다시 42년간을 전적으로 헌신하며 그녀를 돌본다 할지라도 나는 이 엄청난 사랑의 빚을 다 갚지 못할 것이다.

그렇지만 그것은 의무감에서 하는 것만은 아니다.

그것은 무겔에 대한 나의 사랑이다.

그녀는 내게 큰 기쁨이다. 어린아이가 부모를 의지하듯 나를 의지하고 신뢰하는 그녀의 모습, 나에 대해 간직하고 있는 그녀의 따뜻한 사랑, 나를 통해 만족해 하는 그녀의 영혼, 그리고 끊임없이 괴롭히는 고통 앞에서

끈질기게 일어서는 인내력.

그런 그녀는 내게 커다란 기쁨과 힘이 된다.

그처럼 놀라운 인격의 소유자를 돌본다는 것은 얼마나

영광스러운 일인가?

42년 전 결혼서약에서 했던 맹세를 지키기 위해 기꺼이 아내의 병

간호를 자청한 남자. 이거야말로 진짜 남자 아닌가요? ♣

멜론에서 듣기

파헬벨, 캐논변주곡

나를 위한 추천음악 [16]

▶ 하이든, 트럼펫 협주곡 3악장

 음악가들의 이야기를 들으면 천재, 최고 등의 칭찬이 많습니다. 하지만 그들은 까다로운 성격으로 인해 또 다른 이야깃거리를 만들기도 합니다.

음악사에서 가장 훌륭한 인품의 소유자를 뽑는다면 단연 하이든 선생입니다. 음악도 최고, 인품도 최고. 그래서 유럽인들은 지금도 그를 파파 하이든이라고 부르죠. 그런 하이든이 선사하는 또 하나의 선물이 있습니다. 64세의 노 거장은 당시에 연주되던 트럼펫의 단점을 보완해 반음계를 자유롭게 연주할 수 있게 개량된 트럼펫을 보고 "매우 칭찬해〜"를 외치며, 악기를 개량한 안톤 바이딩어를 위해 최고의 곡을 써 주었답니다. 바로 하이든의 트럼펫 협주곡 3악장. 함께 들어 보시죠.

Haydn, Concerto In E-Flat Major For Trumpet And Orchestra - Alison Balsom

▶ 리스트, '사랑의 꿈' No.3

 많은 음악 애호가들이 사랑하는 리스트의 명곡 '사랑의 꿈'은 사실 그가 회심의 역작으로 만든 세 개의 가곡 중 세 번째 작품입니다. 그리고 원제목은 '사랑하라, 사랑할 수 있는 한 사랑하라'이죠. 그리고 가사의 내용도 "사랑하라, 사랑할 수 있는 한 사랑하라, 사랑할 수 있는 힘이 남아있는 한 사랑하라"입니다.

작품 발표 3년 뒤에 이 작품들을 피아노 독주용으로 편곡해서 '세 개의 녹턴'이라는 제목을 붙였는데 그 세 번째 곡이 바로 우리가 알고 있는 '사랑의 꿈'이랍니다.

Franz Liszt, Liebestraum No.3 Love Dream

73

남편

영국에도 남자의 자격에 합격한 사람이 있습니다.

정치가이면서 문학가로서 노벨 문학상을 수상하였고, 화가로서도 국제적 명성을 날린 처칠Winston Leonard Spencer Churchill이 바로 그 사람이죠.

이분이 언젠가 정치적으로 큰 업적을 이루어 사람들이 그를 축하하려고 연회를 베풀었습니다. 많은 귀빈들이 참석한 만찬이 끝나자 기자 중 한 사람이 처칠에게 물었습니다.

> "수상께서 만약 다시 태어나신다면 어떤 사람으로 태어나시고 싶습니까?"

사실 답이 뻔히 보이는 질문이었습니다.

"다시 태어난다면 이 세계를 위해 더욱 위대한 지도자로 어쩌구 저쩌구…" 하는 대답을 유도하려는 의도였을 겁니다. 자신의 정치적 업적을 자화자찬하고 우쭐댈 기회를 주려는 거였겠죠.

하지만 기자의 질문에 처칠은 대답 대신 조용히 단상에서 내려와 한쪽 무릎을 꿇고 앞에 앉은 부인 클레멘타인^{Clementine Churchill}의 손을 잡으며 이렇게 말했습니다.

"만약 다시 태어난다면 나는 앞에 있는 아내의 두 번째 남편이 될 것입니다."

말 한마디로 세상을 감동시킬 수 있는 것이 위대한 인물들의 특징인 모양입니다. ♣

멜론에서 듣기

바흐, 미뉴에트
나를 위한 추천음악 [17]

아내

아무리 현실이 힘들고 고통스러워도 당신이 없는 행복
보다 당신이 있는 불행을 택하겠어요. 부디 이대로라도
좋으니 10년만 더 내 곁에 있어줘요.

미국의 로널드 레이건^{Ronald Reagan} 전 대통령의 부인 낸시^{Nancy Reagan}
여사!

알츠하이머에 걸려 자신이 미국의 대통령이었다는 사실조차 모르
는 레이건을 위해 이 짧은 편지를 써서 그의 손에 쥐여주고 매일, 하
루에도 몇 번씩 읽어주며 사랑을 확인해 주었습니다.

마치 새로 도착한 편지를 열어 읽어 주듯이 말입니다.

아내의 간절한 편지 내용처럼, 남편은 꼭 10년 동안 그녀의 보살핌
을 받고 2004년 6월 세상을 떠났습니다.

더 감동적인 것은 레이건이 기억력을 모두 잃은 뒤에도 낸시 여사

만은 알아보았고 깨어있을 때엔 아무것도 분간 못 하다가도 잠이
들면 낸시의 이름을 불렀다는 사실입니다.

엔니오 모리코네, 영화 〈러브 어패어〉 O.S.T.
나를 위한 추천음악 [18]

스승

지금으로부터 한 200년 전 베를린대학의 자연지리학 강의실. 열심히 공부하는 어린 학생들 틈에서 웬 백발노인이 함께 앉아 청강을 하고 있었습니다. 그 가운데 한 학생은 옆에 앉은 이 노인을 보고 깜짝 놀랐죠.

"아니, 훔볼트 교수님 아니세요?"

그럴 수밖에 없는 것이 훔볼트Alexander von Humboldt 박사는 독일이 낳은 세계적 지리학자요, 자연과학자요, 박물학자요, 탐험가요, 거기다가 근대 지리학의 금자탑이라 부르는 대작 『코스모스』를 지은 근대 지리학의 시조라고 일컬어지는 인물이니까요.

"쉿, 조용히 하게, 다른 학생들에게 방해 되네."

세계적인 대가가 대학 새내기들이나 듣는 기초지리학 강의실에 있으니 학생이 놀라는 건 당연했습니다.

"교수님, 여기서 지금 뭐하세요?"

그러자 훔볼프 교수는 학생에게 이렇게 대답했습니다.

> "내가 말이야, 젊어서는 잘 몰랐는데 곰곰이 생각해 보니까 앞부분에 잘 모르는 게 있더라고. 그래서 처음부터 다시 공부하는 중이라네."

베를린대학에 전해오는 전설입니다.

자, 이만하면 스승의 자격에 합격 아닙니까?

공부는 학생만 하나요?

게으른 선생님들은 반성 좀 하셔야죠. 사실 공부는 학생보다 선생님이 더 많이 하셔야 되는 거 아닌가요? ♣

멜론에서 듣기

바흐, '토카타와 푸가'

나를 위한 추천음악 [19]

의사

미국에 사는 어느 한인 2세의 이야기입니다.

그는 초·중·고등학교 시절 줄곧 전교 1등만 한 수재였죠. 세탁소를 운영하며 아들이 의사가 되기만을 소원하는 부모님을 생각하면서 녀석은 정말 열심히 공부했고. 이렇게 일찍 철이 든 녀석이 드디어 사고를 쳤지 뭡니까? 전미 고교 전국 수석졸업을 하게 된 겁니다!

당연히 그는 의사가 되기를 원했고, 성적도 충분히 좋았고, 그래서 의과대학에 응시했습니다. 아마 당연히 응시생들 중에서 1등을 했을 거라고 생각했을 겁니다.

그러나 얼마 후 합격자 발표를 보니 불합격이었습니다!

그와 부모는 한인들에 대한 인종차별이라며 학교를 법원에 고소합니다. 하지만 법원도 그의 탈락이 정당하다는 판결을 내렸습니다.

당연히 학교 측의 이유를 들어보았겠죠. 한데 이유는 바로 헌혈이었습니다. 어떻게 의사가 되려고 하는 사람이 헌혈을 한 번도 해본 일이 없냐는 거였고, 그래서 '자격'이 없다는 것이었습니다.

여러분은 어떻게 생각하시나요? 만약 하나님이 우리에게 '인간의 자격'이란 걸 묻는다면 지금 이 자리에 두 발로 서 있을 사람이 있을까요? ♣

멜론에서 듣기

하이든, 트럼펫 협주곡 3악장
나를 위한 추천음악 [20]

음악가

몇 해 전 한국의 어느 음악대학이 독일의 자르브뤼켄 음악대학과
자매결연한 기념으로 한독 합동연주를 한 적이 있습니다.

필자는 이때 독일에서 오신 지휘 교수님의 강의와 모든 일정의 의
전 통역을 맡게 되었습니다. 하지만 뜻 밖에도 그분은 일본인이었습
니다. 일본인 교수가 한국에서 연주회를 하는데 독일어 동시통역을
해야 하다니… 그런데 그 가미오카 교수님에게서 저는 인간적으로
많은 것을 배웠습니다.

음악회가 성공적으로 끝나고 함께한 뒤풀이에서 그는 한국의 젊은
음악도들에게 이런 인사말을 남겼습니다.

좋은 수학자란 어려운 수학공식을 척척 잘 풀어내는 사
람이 아니라 하루 종일 머릿속에 숫자를 떠올리는 사람
입니다. 나는 여러분들이 좋은 음악가들이 되기를 바랍

니다.

음악을 잘하는 사람보다 음악을 온종일 떠올리는 음악가, 음악을 가슴에 품고 음악을 사랑하는 음악가, 그것이 바로 음악가의 자격입니다! ♣

멜론에서 듣기

라흐마니노프, 교향곡 제2번 3악장
나를 위한 추천음악 [21]

아들

우스갯소리로 떠도는 아들과 엄마의 '카톡' 내용입니다.

    아들 : 엄마 오늘 치킨 튀겨줘~

    엄마 : 공부나 해라

    아들 : 아구찜 해줘~

           볶음우동 해줘~

           봉골레 스파게티 해줘~

    엄마 : 서울대 가줘~

           고려대 가줘~

           연세대 가줘~

'웃픈' 이야기죠?

과연 누가 누구에게 자격이란 걸 논할 수 있을까요?

세상을 살아가면서 우리는 어떤 자격이 필요할까요?

우리는 과연 그 자격을 가지고 있는 걸까요? ♣

멜론에서 듣기

모차르트, 피아노변주곡 k265

나를 위한 추천음악 [22]

여보 미안해!

어떤 사람이 건강검진을 위해 병원에 갔습니다. 그리고 의사로부터 인체 노화의 신호는 귀로 가장 먼저 온다는 얘기를 들었습니다.

의사가 말하기를 약 15미터 거리에서 보통 크기의 말소리가 잘 들리지 않으면 몸의 전반적인 노화가 시작된 것이고, 약 10미터에서 안 들리면 노화 상태가 심각한 것이고, 약 5미터에서 안 들리면 약도 없다고 했습니다.

집에 온 이 남자는 사랑하는 아내의 건강 상태가 궁금했습니다. 그래서 당장 시험해 보기로 했죠.

남자는 일단 한 15미터 정도의 거리가 되는 거실 소파에 앉아 TV를 보는 척하면서 부엌에서 일하는 아내에게 말을 걸었습니다.

　　"여보, 오늘 저녁에 뭐 먹을까?"

　　"…"

아무런 대답이 없는 아내.

순간 남자는 자신에게 시집 와서 고생만 하다 이제 늙어 점점 고장 나는 아내를 생각하면서 짠한 마음을 주체할 수 없었습니다.

남자는 두어 걸음 앞으로 가 마루 한가운데 신문을 보는 체 하며 10 미터 정도 거리를 두고 다시 "여보, 오늘 저녁에 뭐 먹을까?"하고 말했습니다.

"…" 역시 아무 대답도 없었습니다.

아내에 대한 미안함에 눈물이 나올 것 같은 남자는 그녀와 5미터 정도 거리의 식탁 앞으로 가서 다시 말했습니다.

"여보, 오늘 저녁에 뭐 먹을까? 당신 뭐 먹고 싶어?"

"…"

아무 대답 없는 아내를 보며 할 말을 잃은 남자는 아내의 뒤로 가서 꼭 안아주면서 말했습니다.

"여보, 미안해! 당신 먹고 싶은 거 없어? 우리 뭐 먹을까?"

그러자 아내는 뒤를 돌아보면서 들고 있던 국자로 남편의 머리통을 한 대 "빡" 갈기면서 말했습니다.

"인간아, 뭐 한다고 똑같은 대답을 세 번씩이나 하게 만들어? 청국장이라고, 청국장, 이 웬수야~"

사람은 누구나 나는 문제가 없는데 저 사람이 잘못되었다고 생각합니다. ♣

멜론에서 듣기

쇼팽, 피아노협주곡 1번 2악장 '로망스'

나를 위한 추천음악 [23]

탓

어느 새댁이 시집을 왔습니다. 살림을 전혀 할 줄 모르는 새색시에게 시어머니가 "너도 이제 우리 식구이니 밥을 지어 보아라." 했습니다.

그러자 새댁은 오로지 열심히 한다는 생각으로 아궁이에 불을 지펴 댔습니다. 속도 조절을 좀 해야 하는데 나무를 때고 또 때고, 열심히 때댔죠.

부엌은 어느새 찜질방이 되었고, 끓다 못해 밥은 타고 솥까지 깨져 버리고 말았습니다. 집안 솥까지 깨먹었으니 딱 쫓겨나게 생겼는데, 새댁이 어쩔 줄 몰라 할 때 시어머니가 부엌에 들어와서 이 광경을 보았습니다.

그런데 이게 웬일? 시어머니는 이 철없는 새댁에게 "아가, 괜찮다. 내가 밥물을 너무 조금 봤나보다 내 잘못이다." 하고 위로를 합니다.

이를 본 시아버지가 "아니오, 내가 미련하게 부엌에 나무를 너무 많이 들여놓았구려, 다 내 잘못이네." 합니다.

이때, 밖에서 일을 마치고 들어온 아들이 말합니다.

> "아닙니다, 제가 게을러서 물을 넉넉히 길어오지 못해서 생긴 일입니다. 다 제 잘못입니다."

그런데 건너편 주막에도 같은 일이 벌어졌죠. 새댁이 시집왔고, 밥을 했고, 솥을 깼습니다.

그때 부엌에 들어 온 시어머니가 하는 말,

> "아니 밥도 지을 줄 모르는 년이 시집와서 남의 집에 하나밖에 없는 솥을 깨? 아이고 내 팔자야!"

그러자 며느리가 하는 말,

> "아니 내가 일부러 그랬어요? 왜 이년 저년 소리는 지르고 난리예요!"

이를 본 시아버지가 "이게 뭘 잘했다고 고개 똑바로 쳐들고 말대꾸야!"

그러자 며느리는 "이젠 쌍으로 편먹고 난리네, 내 참, 그렇게 잘났으면 지가 하지 왜 날 시켜?" 하고 대듭니다.

이 때 밖에서 들어오던 아들이 "뭐 이런 게 다 있어!" 하며 따귀를 때리자 "그래, 이판사판!, 죽여라! 죽여!" 합니다.

누구나 앞에 나온 가정이길 원합니다. 하지만 현실은 후자 쪽이기

쉽죠.

사랑과 이해와 용서 없이 책임과 잘잘못만 따지고 판결과 처벌만
계산하는 사람들에게 행복한 인간관계는 없습니다. ♣

멜론에서 듣기

브람스, 〈헝가리 무곡〉 No.5
나를 위한 추천음악 [24]

▶ 엘가, '사랑의 인사'

 작곡가 엘가의 러브스토리는 우리가 잘 아는 온달장군과 평강공주의 이
야기와 매우 비슷합니다. 1800년대 중반의 영국, 신분의 벽이 엄연히 존
재하던 시대에 가난한 평민으로 살아가며 제대로 배우지도 못하고 열등
의식으로 가득한 무명의 음악가 엘가에게 아홉 살 연상의 유력 명문가 아가씨가 피아
노를 배우러 오면서 만남이 이루어집니다. 그리고 그의 재능과 인품에 감동을 받은 그
녀는 그를 뒷바라지하는 일이야말로 진정 자기 인생의 가장 보람 있는 일이 될 것이
라고 생각하게 되었죠. 결국 그녀의 지극한 헌신으로 오늘날 우리가 알고 있는 위대한
작곡가 엘가가 만들어집니다. 엘가가 사랑하는 캐롤라인을 위해 결혼선물로 만든 곡
이 바로 우리가 잘 아는 '사랑의 인사'입니다.

Edward Elgar, Salut d´amour - Daniel Hope

▶ 바흐, '토카타와 푸가' D단조

 장중한 음악이 필요할 때, 영혼의 깊은 울림이 필요할 때, 엄숙한 경건
이 필요할 때, 바흐가 만든 속이 후련해지는 오르간 처방전이 있습니다.
이 작품에 대한 멘델스존의 감상평은 이랬습니다.
"이 곡을 처음 들었을 때 나는 교회의 천장이 내려앉는 듯한 충격에 휩싸였다. 이 곡
을 모두 들었을 때 내게 영혼의 울림이 엄숙한 경건으로 다가왔다"
바흐의 토카타와 푸가 D단조를 소개합니다.

J.S. Bach, Toccata and Fugue in D minor BWV 565

▶ 바흐, 무반주 첼로 모음곡 중 No.1 프렐류드
(요요마 연주)

"바흐 음악의 깊이를 아는 것은 우주 탄생의 비밀을 아는 것보다 어려운 일이다."

쾨텐 지방의 궁정악사가 된 바흐가 그곳에서 만난 첼로의 명인 아벨을 위해 만든 곡! 그러나 천재의 이 작품은 기교적으로, 음악적으로 너무 어려워 많이 연주되지 못했고, 그대로 잊히고 말았습니다. 하지만 바흐가 죽고 무려 200년 뒤, 그 존재조차 아련해진 어느 날, 바르셀로나의 헌책방 창고에서 첼로를 좋아하던 열세 살 파블로 카잘스 어린이가 먼지에 쌓인 악보뭉치를 들고 나오면서 세상 앞에 바흐의 음악이 컴백하게 됩니다. 20세기 세계 음악사의 가장 큰 사건으로 기억되며 우리 곁으로 돌아온 바흐의 무반주 첼로 모음곡 중 1-1번 프렐류드입니다.

J. S. Bach, Cello Suite No.1 Prelude - Yo-Yo Ma

▶ 바흐, 무반주 첼로 모음곡 중 No.1 프렐류드
(카잘스 연주)

바흐의 무반주 첼로 모음곡으로는 거장 파블로 카잘스의 연주도 당연히 빼놓을 수 없습니다.

J. S. Bach, Cello Suite No.1 Prelude - Pablo Casals

▶ 바흐, 미뉴에트 (기타 연주)

 바흐를 위대한 음악가로 만든 또 한 명의 공로자는 바로 그의 아내 안나 막달레나 바흐였습니다. 첫 번째 부인이 병으로 세상을 뜨고 실의에 빠진 바흐를 일으켜 세운 여인, 16살 연하의 소프라노 가수였던 그녀는 바흐의 스무 명의 자녀 중 열세 명을 낳았죠. 그리고 바흐가 음악에만 전념할 수 있도록 지극히 헌신적인 사랑을 다했습니다. 바흐는 그녀의 사랑에 감사한 마음으로 소품집을 만들어 헌정했는데요, 그것이 바로 "안나의 작은 음악책"입니다. 그 속에 들어있는 바흐의 미뉴에트는 요즘 피아노 학원에서 누구나 배우는 곡인데요, 사실은 이렇듯 절절한 사랑의 고백이 담긴 작품입니다.

Bach, Minuet in G major

▶ 바흐, 미뉴에트 (영화음악)

 그리고 20세기, 이 곡은 이렇게 편곡되어 영화에 출연하게 되죠. 영화 O.S.T.로 편곡된 'A Lover's Concerto'와 함께 곡을 감상해 보세요.

A Lover's Concerto-진혜림

▶ 영화 〈러브 어페어〉 중 허밍 송

마음을 치유하는 힐링 음악으로 영화음악을 빼놓을 수 없는데요…. 명배우 캐서린 헵번의 유작으로 87세의 노배우가 피아노 앞에서 열연하고 골든 글로브에 빛나는 아네트 베닝이 허밍으로 노래하는 '러브 어패어 Love affair 허밍 송'의 명장면은 힐링 영화음악의 대명사이기도 합니다.

Love Affair (1994) - Katharine Hepburn playing piano

▶ 멘델스존, '결혼 행진곡'

박세리 신드롬이 낳은 박세리 키즈, 김연아 신드롬이 낳은 김연아 키즈…. 무언가에 감동을 받아 그것을 곧 자기 인생의 목표로 삼는 사람을 보게 됩니다. "네가 너의 꿈을 이루는 순간, 너는 또 다른 누군가의 꿈이 된다"는 말처럼. 어린 시절 셰익스피어의 명작 『한여름 밤의 꿈』을 읽은 멘델스존은 그 깊은 감명을 잊지 않고 이 문학작품을 자신의 음악으로 만들기로 합니다. 그리고 극음악 한여름 밤의 꿈이 탄생하게 되죠. 열일곱에 서곡을 만들기 시작해 서른넷에 전곡을 완성했으니 무려 17년을 공들여서 곡을 완성하게 된 겁니다. 특히 제4막 뒤에 나오는 행진곡, 트럼펫 소리에 뒤이어 힘차게 연주되는 장중한 곡은 사랑을 이루기까지의 이야기와 그 사랑의 힘찬 출발을 응원하고 있습니다. 200년이 지나도록 꾸준히 사랑을 받는 이 곡, 멘델스존의 '결혼행진곡'입니다.

Mendelssohn, Wedding March - Abbado · Berliner Philharmoniker

제3악장

위로

그리고 나를 위로해주는 음악들

내 슬픔에
배경음악이
깔린다면…

휴식

어느 수도원에 신입 수사 둘이 새로 들어왔습니다. 때는 마침 가을 추수기여서 수도원장은 이들에게 일거리를 하나 주었죠.

"각자 낫을 가지고 밭의 밀을 베어 단을 쌓도록 해라!"

두 수사는 일을 하기 시작했고, 수도원장은 창문으로 둘의 모습을 물끄러미 바라보았습니다.

그런데 가만 보니 한 수사는 아침부터 저녁까지 한 번도 쉬지 않고 열심히 일을 하는데, 한 수사는 한 시간 일하고 한 시간 놀고 한 시간 일하고 한 시간 놀고 하는 것이었습니다.

저녁이 되어 수도원장은 이들의 수확물을 점검하러 나갔습니다. 역시 열심히 일한 수사는 수고한 만큼 사람 키 높이의 단을 쌓아 놓았습니다. 그런데 이거 봐라! 한 시간마다 놀았던 뺀질이 수사는 그 보다 배는 더 단을 쌓아놓고 있는 게 아닙니까?

"내가 수도원에서 내려다보니 자네는 한 시간마다 놀던데 어

떻게 이렇게 많은 단을 쌓은 건가? 혹시 저 친구의 단을 가져

다 놓은 건 아니겠지?”

수도원장의 근엄한 꾸짖음에 수사는 이렇게 대답했습니다.

“저는 한 시간에 한 번씩 낫을 갈았습니다.”

그리고 한마디 덧붙입니다.

“저는 논 것이 아니라 낫을 갈면서 휴식을 취한 것입니다. 휴

식이란 몸이 노는 것이 아니라 마음이 쉬는 것이니까요” ♣

휴식이란 몸이 노는 것이 아니라 마음이 쉬는 것입니다.

멜론에서 듣기

헨델, 오페라 〈세르세〉 중 ‘나무 그늘 아래서’

나를 위한 추천음악 [25]

모소대나무

'모소'라는 이름의 대나무가 있습니다. 일명 '모죽'이라고 부르죠. 중국이나 극동아시아에서 볼 수 있는 이 대나무는 매우 특이한 생장 습성으로 유명합니다.

이 식물은 땅에 심겨진 뒤 처음 5년 동안은 전혀 자라지 않습니다. 아무리 좋은 환경이라도 그렇습니다. 그러나 땅에 묻힌 지 5년쯤 뒤부터는 믿기 어려울 정도로 빨리 자라는데, 하루에 약 5센티미터 정도씩 자라고 성장이 빠를 때는 하루에 30센티미터씩 자라기도 합니다.

이렇게 6주가 지나면 대나무는 약 10미터에서 15미터의 크기가 되죠. 그래서 과거 원주민들은 이 대나무를 미술나무라고 불렀다고 합니다.

그러나 이 나무의 초고속 성장에는 누구나 고개를 끄덕일 만한 이유가 있습니다. 모소의 빠른 성장의 비밀은 매우 튼튼하고 긴 뿌리에 있습니다. 모소는 처음 5년 동안은 위로 자라는 것을 포기하고 계속 밑으로 뿌리만 내린답니다. 이렇게 뿌리를 내리는 5년이 있기에 이후 마술 같은 폭풍 성장이 가능한 것이지요.

지금 당신의 삶이 정체되어 있는 것처럼 보인다면 기억하세요. 당신은 지금 뿌리를 내리고 있는 중입니다. ♣

멜론에서 듣기

뮤지컬 〈지킬 앤 하이드〉 중 'Once upon a dream' – 캐롤리 카멜로
나를 위한 추천음악 [26]

화병

인도의 정신적 지도자이며 독립운동가이자 법률가, 정치가였던 간디_{Mohandas Karamchand Gandhi}는 오늘날에도 세계인에게 정신적 스승으로 기억되는 인물입니다.

노벨 평화상 수상자 선정에 5번이나 후보로 올랐지만 끝내 수상하지 못했죠. 하지만 1999년 미국의 시사주간지 〈뉴욕타임스〉는 지난 1천년 동안 벌어진 최고의 혁명으로 영국의 식민통치에 대한 간디의 비폭력 저항운동을 선정했습니다.

그래서 우리는 본명 대신 그에게 '위대한 정신'이라는 뜻의 마하트마_{Mahatma}를 붙여 마하트마 간디라고 부르고 있죠.

이렇게 인류의 위대한 정신적 스승이 된 마하트마 간디가 하루에도 몇 번씩 열 받고, 하루에도 몇 명씩 철천지원수를 만들어내는 우리에게 선물처럼 준 말씀이 있습니다.

그대가 만일 옳았다면 그대는 화낼 필요가 없다.

그대가 만일 틀렸다면 그대는 화낼 자격이 없다.

이랬거나 저랬거나 세상에 화낼 일은 없다는, 현대인의 화병을 위한 최고의 처방전입니다. ♣

멜론에서 듣기

드보르자크, 〈슬라브 무곡〉 Op.46 No.8

나를 위한 추천음악 [27]

존경

윗사람은 아랫사람이 괘씸해 보이고, 아랫사람은 윗사람이 고까워 보이기 마련입니다. 부모는 자녀가, 선배는 후배가, 병장은 일병이, 부장은 대리가 늘 모자라 보입니다.

중국의 어느 마을에서는 지금도 "효孝" 자를 쓰고 "존경尊敬"이라고 읽도록 교육한다죠. 효는 곧 존경이라는 말! 진부한 말 같지만 생각해 보면 이게 정답인지도 모릅니다.

그들이 말하는 존경이란 바로 이런 것이겠죠.

쌈을 싸서 크게 한 입 물었는데 저쪽에서 아버지가 "얘야~" 하고 부르실 때 입에 있는 쌈을 "퉤~" 뱉고 "네!" 하고 대답할 수 있는 것. 그게 존경입니다. 자기 입에 있는 음식을 다 먹고 "왜요?" 하는 것이 아니고요.

어버이날 효도관광 한번 보내드리고 때워버리는 요즘 세대에 비하면 정말로 하기 어려운 존경의 표현이라는 생각이 듭니다.

자, 그게 정말 존경에서 비롯된 거라면 우리가 그것을 강요할 필요가 있을까요? 가르치고 강요하면 과연 존경이란 것이 생겨날까요?

"세상에서 가장 어려운 일이 뭔지 아니?"

"흠… 글쎄요, 돈 버는 일? 밥 먹는 일?"

"세상에서 가장 어려운 일은… 사람이 사람의 마음을 얻는 거란다.

각각의 얼굴만큼 다양한 각양각색의 마음을.

순간에도 수만 가지의 생각이 떠오르는데…

그 바람 같은 마음이 머물게 한다는 건…

정말 어려운 거란다"

생텍쥐페리Antoine Marie Roger De Saint Exupery의 『어린왕자』에 나오는 한 구절입니다.

그래요. 마음과 마음을 모으는 건 폭력이 아니라 포옹입니다. ♣

멜론에서 듣기

쇼팽, '즉흥 환상곡' 4번

나를 위한 추천음악 [28]

카리스마

텍사스 주의 가난한 농가에서 태어나 육군사관학교를 졸업한 뒤 맥아더Douglas MacArthur 장군의 참모가 되었고, 제2차 세계대전 중에는 유럽연합군 최고사령관이 되어 연합군의 승리에 큰 공을 세웠습니다. 그 뒤 미 육군 참모총장과 나토NATO군 최고사령관을 거쳐 8년 동안 미국의 대통령을 지냈습니다.

미국의 34대 대통령 아이젠하워Dwight David Eisenhower 이야기입니다. 그가 한때 명문 컬럼비아대학의 총장을 지낸 일이 있는데, 하루는 학생처장이 학생들의 명단을 들고 왔습니다.

　　"출입금지 구역인 잔디밭에 들어가 적발된 학생들 명단인데 교칙에 따라 처벌을 받아야 합니다."

　　"아니, 이렇게 많은 학생들을?"

　　"네 총장님, 공고도 하고 지도도 했는데 어겼으니 이젠 학칙에 따라 처벌할 수밖에 없습니다. 결재해 주시기 바랍니다."

아이젠하워는 즉시 대학 본관 앞 잔디밭으로 가서 확인을 했습니다. 많은 학생들이 잔디밭을 가로질러 도서관으로 가고 있었고, 잔디를 밟지 않으려면 꽤 먼 거리를 돌아야 도서관에 갈 수 있었습니다.

잠시 생각에 잠기던 총장이 학생처장에게 말합니다.

"여기에 도서관으로 갈 수 있는 길을 놓아주게. 길가에 예쁜 꽃도 좀 심어주고."

"네?"

"빨리 하게! 더 많은 우리 학생들이 규칙을 위반하여 범법자가 되기 전에 말일세."

그 뒤로 규칙 위반자는 생기지 않았고, 도서관으로 가는 학생은 오히려 점점 늘어났죠. 얼마 후 학생처장이 찾아와 이렇게 말했습니다.

"총장님께 한 수 배웠습니다."

이에 아이젠하워는 웃으며 말합니다.

"이보게, 처벌은 D학점, 배려는 A학점 일세" ♣

멜론에서 듣기

모차르트, 교향곡 제40번 G단조 K.550 1악장
나를 위한 추천음악 [29]

이름

세상에 이름을 남긴다는 것은 참으로 귀한 일입니다. 세상에 좋은 이름을 남긴다는 것은 더욱 귀한 일이죠.

여기 토끼와 거북의 이야기에서 거북에게 진 그 토끼가 있습니다. 입장을 한번 생각해 볼까요? 잠깐의 실수로 일생에 한 번 거북에게 졌던 일을 가지고 이 토끼는 세대를 넘어 그야말로 세세무궁토록 한심한 녀석으로 이름이 올라 있으니 이 얼마나 치욕스러운 일인가요? 언젠가는 이미지를 쇄신해서 독자들 마음을 돌리고 명예를 회복할 날이 있을까요?

거북과의 경주에서 진 토끼에 대한 '진실 논란'은 오늘도 계속되고 있습니다.

1. 원작에서 말한 것 같이 원래 게을러서 졌다는 설. 이 경우는
    이미지 쇄신 불능입니다.

2. 한국 고딩 토끼라 야자에, 학원에 너무 피곤해서 잠깐 졸았다는 설. 게으르진 않았다는. 믿어 달라는 토끼의 항변.

3. 종을 뛰어넘는 사랑의 선물이라는 설. 이거 마음에 듭니다. 국경을 넘어 사랑했다는 설. 동물 간의 종을 뛰어넘어 그 토끼는 거북을 사랑했다는 애틋한 이야기입니다. 그래서 후대에 형편없는 녀석으로 영원히 낙인찍힐 줄 알면서도 눈물을 머금고 돌아누워 자는 척해 일부러 져 줬다는… 나름대로 아름다운 사랑 이야기니까 이제 그만 미워해 달라는 설입니다.

그래요, 이유가 있었을 겁니다. 게을렀건, 졸았건, 사랑했건 세상일에는 다 그만한 이유가 있으니까요.

경주에서 진 토끼의 합리적인 이유를 또 하나 추론해 볼까요?
저의 해답은 바로 '시선視線'입니다.
출발선에서부터 결승선까지 거북은 느렸지만 오직 결승점만 바라봤습니다. 토끼는 빨랐지만 뒤를 돌아보고, 거북을 보고, 경치를 보고, 그러다가 시선에서 결승점을 놓쳤던 거구요.
둘 사이의 복잡한 애정관계니 학원시간표니 이런 거와 상관없이, 이 경기의 승부를 보는 저의 중요한 관전 포인트는 바로 '시선'입니다.
시선이 목표를 향한 사람은 이미 성공한 사람이고, 시선이 목표를 떠난 사람은 이미 실패한 사람입니다.

시선을 목표에 고정하고 마음속에서 들려오는 거짓 소리들을 믿지 않는 사람…

그 사람이 바로 성공하는 사람이죠. ♣

시선이 목표를 향한 사람은 이미 성공한 사람이고,
시선이 목표를 떠난 사람은 이미 실패한 사람입니다.

멜론에서 듣기

슈만, 연가곡 〈미르테〉 중 '헌정'
나를 위한 추천음악 [30]

▶ 영화 〈미녀와 야수〉 O.S.T. 'How Does A Moment Last Forever'

 동화 속 주인공이 된 듯 빠져들게 만들고 감동의 선율로 마음을 치유하는 또 하나의 영화음악입니다. 디즈니가 발표한 〈미녀와 야수〉 주제가로 엠마 왓슨이 주연을 맡고 셀린 디온이 불렀다는 이유만으로 전 세계에 열풍을 가져온 노래. 'How Does A Moment Last Forever'입니다.

Beauty and the Beast (2017), 'How Does A Moment Last Forever' - Célline Dion

▶ 모차르트 교향곡 40번 G단조 K.550 1악장

 마음이 우울할 때는 아예 우울한 노래를 듣고, 한번 시원하게 울어버리는 것도 좋습니다. "이 음악 속에서 천사의 음성이 들린다"는 슈베르트의 말처럼 애수가 흐르는 이 곡은 울음소리같은 1주제가 전주 없이 바로 등장하고 뒤이어 탄식하는 듯한 2주제가 따라 나옵니다. 깊이 정제된 듯한 카타르시스로 안내하는 음악, 모차르트 교향곡 40번 G단조 K.550 1악장입니다.

W. A. Mozart, Symphony No.40 - Rattle · Berliner Philharmoniker

스팸

미국의 세계적 기업 호멜이라는 회사가 있습니다. 130년 된 이 회사는 1891년에 설립한 뒤 미국을 비롯한 세계인의 건강을 책임지고 있는 우량 식품회사입니다. 우수한 제품들로 쌓은 건전한 기업 이미지는 호멜을 세계적인 기업으로 각인키는 데 원동력이 되었습니다. 1920년대부터 미국인들에게 폭발적인 사랑을 받아온 이 회사의 돼지고기 햄 통조림 제품이 있습니다. 바로 스팸SPAM 입니다. 제2차 세계대전 당시엔 미군들의 요청으로 전투식량으로 보급되기도 했던 스팸을 지금은 세계에서 모르는 사람이 거의 없을 겁니다.

그런데 세계적 유통망을 지닌 이 상품을 광고하는 과정에서 회사는 수단과 방법을 가리지 않고 물량으로 밀어붙이는 바람에 사람들은 광고공해에 시달리며 테러에 가까운 스트레스를 받아야 했습니다. 그리고 인터넷의 시대가 왔을 때 사람들은 자기 의사와 관계없이 쏟아지는 광고 메일에 이름을 하나 붙여 주었으니, 바로 '스팸메일'입니다! 여기에 한술 더 떠 스팸메일을 보내는 사람을 '스패머 spammer'라 부르게 되었죠.

맛있는 스팸, 어제 저녁에 우리가 먹은 스팸, 매장에 진열된 것을 보는 것만으로도 행복해지는 스팸, 시식코너에 등장하면 녹색 이쑤시개를 들고 남녀노소 길게 줄서게 만드는 스팸! 그러나 우리를 짜증나게 만드는 이름으로 사전에 등재되어 버린 또 다른 이름 스팸!

아마 컴퓨터와 인터넷이 존재하는 한 앞으로도 통조림 스팸은 스팸메일이라는 오명으로부터 자유롭기 힘들 것 같습니다. ♣

멜론에서 듣기

슈만, 피아노곡 〈어린이 정경〉 중 '환상'
나를 위한 추천음악 [31]

낙서

조선시대, 성격 안 좋기로 역사에 이름을 남긴 사람이 있습니다.

왕실기록 사관들이 뽑은 진짜 이상한 성격 '베스트 오브 베스트'에 오른 이분은 조선왕조실록에 "변소에 낙서한 자"로 기록되어 있습니다.

후대에 길이 남을 평가가 "변소에 낙서한 자"라니요? 주변 사람들에게 얼마나 밉보였기에 이런 불명예스런 기록을 남기게 되었을까요?

조선왕조실록의 선조 34년 8월 13일자 기록에 보면 형조판서를 지낸 정랑 권진權縉(1572-1624)이란 인물에 대한 평이 나와 있는데 그 내용이 정말 가관입니다.

> 권진은 유생시절 일찍이 이산해李山海(서화에 능하여 문장 8가라 일컬었으며 선조 대에 영의정을 지냄)와 홍여순洪汝諄(병

조판서와 호조판서를 지냄)의 사람됨을 미워하여 변소에 이 두 사람의 이름을 써 놓고 변소에 갈 때마다 이름을 불러 미워하는 뜻을 나타냈다. 그러나 과거에 급제해서는 먼저 이산해에게 붙어 자신의 이익을 꾀하였고, 뒤에는 이산해를 배반하고 다시 홍여순에게 붙어 자신의 이익을 도모했다. 그런 연유로 모든 사람들이 권진을 향해 침을 뱉기에 이르렀다.

조선왕조실록이 보증하는 역사에 남을 기회주의자입니다. 이렇게 권진 대감께서는 500년 조선왕조실록 속 수많은 등장인물 중 가장 찌질한 출연자로 등극하는 수모를 당하였습니다.

역시, 세상에 좋은 이름을 남긴다는 것은 어려운 일이요 귀한 일입니다.

멜론에서 듣기

몬티, '차르다시'

나를 위한 추천음악 [32]

삼인성호

지금으로부터 2천4백여 년 전 중국의 춘추전국 시대, 수많은 국가와 군왕들이 세력을 확장하기 위해 전쟁을 벌이던 때였습니다. 위나라와 조나라가 있었고 기 싸움에서 밀린 위나라의 태자가 조나라에 볼모로 가게 되었으니 위魏나라 혜왕惠王의 심려가 이만저만 큰 게 아니었습니다. 고민 끝에 혜왕은 심복 중의 심복, 충신 중의 충신인 방총龐蔥을 태자와 함께 보내기로 결심합니다. 방총은 조정에 간신배들이 많은 것을 알고 그들이 자신을 모함하여 왕의 판단을 흐릴 것 을 걱정하여 왕에게 묻습니다.

"만약 어떤 이가 와서 '저잣거리에 호랑이가 나타났다!' 하면 왕께서는 믿으시겠습니까?"

이에 왕은 "저잣거리에 호랑이가 나오다니 말이 되는 소린가? 절대 안 믿네." 하고 대답합니다.

"그런데 다음날 두 번째 사람이 와서 같은 소리를 하면 어쩌

시겠습니까?"

"의심이야 가겠지만, 설마 그런 일이 있겠나?"

"허면 다음날 세 번째 사람이 와서 같은 소리를 하면은요?"

"그러면야… 그럴 수도 있다고 믿게 되지 않겠나?"

"그것 보십시오. 많은 간신배가 왕의 곁에 있으니 항상 조심

하셔야 합니다."

방총이 말하고 태자와 함께 조나라로 갔습니다.

다음날, 간신배 1이 와서는 "방총 그 녀석 알고 보니 아주 나쁜 녀석

이었습니다." 했습니다.

왕이 대노하여 "충신 방총을 모함하다니, 당장 물러가라." 하고 쫓

아냈습니다.

다음날, 간신배 2가 또 와서는 "방총 그 녀석 알고 보니 아주 나쁜

녀석이었습니다."라고 했습니다.

왕은 "아니야, 경이 잘못 알았을 거야, 그는 그런 사람이 아니네." 했

습니다.

다음날, 간신배 3이 다시 와서는 "방총 그 녀석 알고 보니 아주 나쁜

녀석이었습디다." 했습니다.

그러자 이번엔 왕도 맞장구치며 "아, 방총 그 나쁜 녀석! 그자가 어

찌 그럴 수가 있단 말인가?" 하며 분노하기에 이릅니다.

왕은 간신배의 소리에 넘어가 충신 방총을 의심하기 시작합니다. 몇

년 뒤 인질로 갔던 태자가 풀려났지만, 왕의 의심을 받고 타향을 떠

도는 신세가 된 방총은 "삼인성호三人成虎로구나" 하며 탄식했다고 합니다.

『한비자韓非子』에 나오는 삼인성호三人成虎에 관한 고사입니다. 거짓에 현혹되는 인간의 마음을 한탄한 방총의 얘기는 2천4백 년의 세월을 뛰어넘어 오늘을 사는 우리 마음속에 숨어있는 호랑이를 보게 합니다. ♣

멜론에서 듣기

모차르트, '디베르티멘토' K-137 3악장
나를 위한 추천음악 [33]

열한 번째 계명

성서의 십계명은 꼭 하라는 것과 절대 하지 말라는 것들로 되어 있습니다.

부모를 공경하라, 이웃을 사랑하라, 또는 거짓말하지 말라, 남의 것을 탐내지 말라… 등등 말이죠.

하지만 열 개의 계명으로는 부족하다고 느낀 인간이 자신의 추리와 응용능력을 발휘해 스스로 만든 11번째 계명이 있으니, 바로 "들키지 마라!"입니다.

이후로 인간세계에는 혁명적인 편리함이 찾아왔죠.

"부모를 공경 하라? 부모를 공경하지 않아도 되지만 들키지 말자."

"이웃은 사랑할 필요까진 없고 들키지 말자."

"남의 것을 될 수 있으면 탐내고 들키지만 말자."

습관적인 무단횡단과도 같은 제11계명은 우리의 마음속에 은근슬쩍 자리 잡아 어느새 주인처럼 들어앉고 말았습니다.

우리가 매일 뉴스를 통해 듣고 보는 떠들썩한 사건사고들은 혹시 우리 마음속 11계명이 만들어낸 거대한 괴물은 아닐까요? ♣

 멜론에서 듣기

베토벤, '비창' 소나타 중 2악장
나를 위한 추천음악 [34]

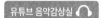

▶ 쇼팽, '즉흥 환상곡'

피아노의 시인 쇼팽이 마지막까지 오롯이 혼자만 간직하고 싶어했던 곡이 있습니다. 그의 최고의 걸작인 '즉흥 환상곡'! 이 곡은 쇼팽이 숨질 때까지 출판을 허락하지 않았고, 자신이 직접 그 악보를 가지고 다닐 정도로 소중하게 여겼죠. 그리고 자신이 죽게 되면 악보를 파기해 달라는 유언까지 했답니다. 제목도 없이 환상곡이라는 장르만으로 전해오던 이 작품은 바르샤바 음악원 친구이자 비서 역할까지 해가며 쇼팽을 도운 폰타나가 '환상'이라는 이름을 붙여주고 출판도 할 수 있도록 도와 지금 우리 곁에 있게 되었답니다. 쇼팽의 '즉흥 환상곡'입니다.

Fryderyk Franciszek ChopinChopin, Fantaisie Impromptu in C-Sharp Minor, Op. 66 - Daniil Trifonov

▶ 영화 〈미션〉 O.S.T. 'Gabriel's Oboe'

제레미 아이언스와 로버트 드 니로 가 열연한 영화 〈미션〉은 남미의 오지로 선교를 떠난 가브리엘 선교사의 이야기를 담고 있습니다. 영화음악의 거장 엔니오 모리코네가 심혈을 기울여 만든 주제곡이 그 감동을 더하는데요, 팝페라의 여왕 사라 브라이트만이 '넬라 판타지아'로 영화에 이어 다시 한번 감동과 힐링을 선사했죠. 거장 엔리오 모리코네가 직접 지휘하는 영화 〈미션〉의 O.S.T. 'Gabrie's Oboe'입니다.

Mission (1986), Ennio Morricone, 'Gabriel's Oboe'

달팽이

수억 년 전부터 존재해온 달팽이는 그 연약한 몸으로도 멸종하지 않고 진화해 온 기특한 생명입니다.

현재 지구상에 2만여 종이 서식하고 있을 만큼 다양한 모델을 선보이는데요, 달팽이집 크기가 10센티미터 정도 되는 대형에서부터 집의 크기가 1밀리미터 정도의 초소형까지 사는 지역에 따라 모양도 크기도 색깔도 서식 방법도 매우 다양합니다.

하지만 그 많은 종류의 달팽이들은 그들만이 지닌 절대불변의 공통점이 있으니, 바로 '느림'이죠.

오늘날처럼 초고속의 시대에 당연히 뒤쳐져 소멸될 것 같지만 온몸으로 세상을 만지고, 느끼고, 생각하며 한 걸음씩 걸어가는…

그래서 더 많이, 더 오래 살아남는 달팽이처럼…

방향만 맞는다면 천천히 가 보는 것도 괜찮을 듯싶습니다. ♣

바흐, 플루트소나타 BWV 1031, 2악장 '시칠리아노'

나를 위한 추천음악 [35]

낙타

우리가 아는 것과 달리 낙타는 굉장한 스피드를 지녔습니다. 그 힘과 지구력, 튼튼한 무릎으로 마음먹고 달리면 시속 70킬로미터 이상으로 달릴 수도 있습니다. 평균 시속 60킬로미터를 달리는 말보다도 훌륭한 스프린터입니다.

하지만 하나님은 낙타를 사막에 살게 했습니다. 그리고 두 개의 발가락과 유난히 큰 척구가 달린 발바닥으로 모래위에서는 절대 뛸 수 없도록 만들어놓았죠.

참 이상하죠? 이렇게 무더운 사막으로 출장을 보낼 거면 넓고 평평한 발을 주어 목적지에 빨리 가게 할 수도 있었을 텐데 말입니다.

그러나 낙타가 천천히 걸을 수밖에 없도록 만들어진 이유는 천천히 걸어야만 살아남을 수 있기 때문입니다.

사막은 너무 더워서 빨리 가려고 욕심을 내면 어느 동물이든 죽고 맙니다. 그래서 하나님은 낙타에게 절대 서두를 수 없는 발에 보너

스로 큰 물통(정확히 말하면 기름통)을 등에 달아 주었습니다. 빨리 가는 대신 쉬엄쉬엄 가라고 말입니다. 거기에 옵션으로 매력적인 속눈썹과 귀 주위에 긴 털까지 달아주어 사나운 사막의 모래먼지도 막을 수 있게 해주었답니다.

당신의 일상이 너무 느리고 정체되어 있다고요? 이 모두가 사막과도 같은 인생길에서 천천히 걷도록 하려는 하나님의 배려입니다. ♣

멜론에서 듣기

모차르트, '터키행진곡'
나를 위한 추천음악 [36]

어둠

어둠이란 멀리 있는 어떤 것을 볼 수 있는 최적의 조건이다.

어느 사전에 나온 어둠이란 단어의 정의입니다.
맞는 말입니다. 밤하늘의 별도 그렇죠. 사실은 어마어마하게 멀리
떨어져있어서 빛의 속도로 몇 천 년을 날아가도 닿지 않을 거리에
있는 저 별이 바로 내 앞에 있는 것처럼 보이는 것도 나의 주위가
어둡기 때문에 가능한 겁니다. 그래서 환한 낮에도 별을 볼 수 있는
방법이 있답니다.
깊은 웅덩이나 물이 없는 우물 같은 곳에 들어가서 위를 보면 파란
하늘 사이로 반짝이는 별을 볼 수 있다고 해요. 내 주위가 어둡기 때
문에 보이는 것이지요.
어려움도 마찬가지입니다. 등산을 좋아하는 애호가들이 가장 싫어
하는 것이 바로 케이블카라고 합니다. 힘들고 고통스러운 코스를 내

힘으로 넘어야 비로소 정상에 오르는 기쁨을 맛볼 수 있기 때문입니다.
어려움을 이긴 인간승리의 아이콘 베토벤은 그래서 이런 고백을 했나봅니다.

> 고통의 또 다른 이름, 그것은 높은 곳을 보게 하려는 신의 선물이다. ♣

멜론에서 듣기

베토벤, 교향곡 제5번 '운명' 1악장
나를 위한 추천음악 [37]

CD

1978년 처음 소개된 CD는 인류가 디지털문화에 들어섰다는 상징과도 같은 것이었습니다. 그런데 당시 세계 CD 시장을 양분하던 필립스와 소니의 CD 규격이 서로 달라 원하는 음반을 들으려면 재생기계를 바꿔야 하는 번거로움이 있었죠.

이후 필립스와 소니의 디지털 전쟁에서 필립스가 승리하고 CD 시장을 통일했을 때 필립스의 회장은 당시 세계 음악계의 최고 거장인 지휘자 카라얀을 찾아와 CD 한 장의 녹음 분량을 자문 받게 되는데 그때 거장 카라얀은 이렇게 깔끔하게 정리해 주게 됩니다.

> "생각 하고 말고 할 것도 없소. 기준은 무조건 베토벤의 '합창' 교향곡이오. 그 곡의 평균 연주시간이 74분이니 그것을 기준으로 하시오."

그래서 새로운 CD의 크기는 지름 12센티미터, 용량 700MB, 저장시간 80분으로 결정되었고 지금까지도 그렇게 사용하고 있답니다.

CD 문화, 디지털 문화가 인류사회에 미친 영향을 생각해보면 베토벤의 '합창' 교향곡이 얼마나 위대한지 다시금 느낄 수 있는 이야기입니다.

베토벤은 '합창' 교향곡 발표 이후 생애 최후의 작품인 다섯 개의 현악4중주 곡들을 발표합니다. 그런데 안타깝게도 이 작품들은 시대를 너무 앞질렀던 모양입니다. 당시 사람들은 이 곡들을 이해하지 못했고 이제 베토벤의 시대는 끝났다며 무시했죠.

하지만 200년이 지난 지금의 진짜 클래식음악 마니아들은 세상에 존재하는 수많은 음악 중에서 이 난해하고 어려운 베토벤 현악4중주야말로 최고의 음악이며 인류의 문화유산이라며 열광한답니다. ♣

 멜론에서 듣기

베토벤, 교향곡 제9번 '합창' 4악장
나를 위한 추천음악 [38]

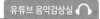

▶ 베토벤, '합창' 교향곡

 고난의 아이콘 베토벤! 이 땅에 57년을 사는 동안 30년을 소리 없이 살았던 소리의 마술사였습니다. 엄밀히 말하면 이명 증세와 난청 그리고 완전한 청력상실까지 30년의 모진 삶 속에서 귓속에서 점점 작아지는 소리를 위대한 소리로 끌어내어 들려준 인간승리의 아이콘이었죠. 그가 만든 세기의 역작 '합창' 교향곡은 우주선 보이저호에 실려 외계 생명체의 존재를 찾아다니고 있죠. 그리고 우주선에 실린 이 작품은 더 이상 "합창 교향곡이" 아닌 "지구의 소리" 라는 새로운 이름표를 달고 있습니다. 그의 위대한 삶 앞에 누가 감히 인생의 힘겨움을 하소연 할 수 있을까요?

Beethoven, Symphony No.9 - Berliner Philharmoniker

▶ 드보르자크, 〈슬라브 무곡〉 Op.46/8

 음악치료에서 추천하는 "우울할 때 듣는 음악"에는 드보르자크의 슬라브 무곡이 빠지지 않습니다. 슬라브의 민족 정서를 담은 이 곡들은 당시 최고의 인기를 끌며 유럽을 강타한 브람스의 〈헝가리 무곡〉에서 자극을 받아 만들었다고 하지요. 쾌활하지만 경박하지 않고, 춤곡이지만 중후하고, 민속곡이지만 우아합니다. 모두 16곡으로 만들어진 이 곡들 중 제8곡인 〈슬라브 무곡〉 Op.46/8 을 베를린 필하모닉의 연주로 들어보길 추천합니다.

Antonín Dvořák, Slavonic Dance, Op.46/8 - Rattle · Berliner Philharmoniker

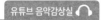

▶ 브람스, 〈헝가리 무곡〉 No.5

 자, 그렇다면 이제 브람스의 작품도 들어 봐야겠지요? 도대체 어떤 곡이기에 따라한 작품까지 그렇게 유명해졌을까요? 본래 민요에 관심이 많던 브람스는 모국인 독일뿐 아니라 전 유럽을 돌면서 각국의 민요를 수집하기 시작합니다. 헝가리 민요는 대게 집시음악이었는데, 그 고유의 리듬감과 정서를 잘 살려 만든 그의 작품은 곧 전 유럽에서 열광적인 호응을 얻기 시작했고, 브람스는 일약 스타 작곡가로 떠오릅니다. 전곡 21곡 중에서 우리가 특히 좋아하는 〈헝가리 무곡〉 5번을 부다페스트 헝가리안 심포니오케스트라의 연주로 들어 보겠습니다.

Johannes Brahms, Hungarian Dance No.5 - Hungarian Symphony Orchestra

Budapest

▶ 빌 더글라스, 'Deep peace'

 고대 아일랜드의 축복기도를 가사로 하여 캐나다 출신의 뉴에이지 음악가 빌 더글라스가 곡을 입힌 'Deep peace'입니다.

출렁이는 파도의 깊은 평화를 그대에게
흐르는 대기의 깊은 평화를 그대에게
고요한 대지의 깊은 평화를 그대에게
빛나는 별들의 깊은 평화를 그대에게
부드러운 밤의 깊은 평화를 그대에게

Bill Douglas, Deep Peace

외계인을 위한 음악

이제 베토벤의 곡이 우주선을 탄 이야기를 해 볼까요?

1977년 9월 미국 항공우주국은 보이저1호를 우주로 띄워 보내게 됩니다. 플로리다를 떠난 보이저호의 임무는 혹시 있을지도 모를 외계 생명체에 대한 연구라고 해요.

초속 17킬로미터로 40년을 날아간 보이저1호는 현재 태양계를 완전히 벗어나 더 넓은 우주공간에 진입하여 임무를 수행하고 있죠. 태양 저 너머에 누군가 살고 있는지 열심히 살피면서 말입니다.

이 우주선 안에는 혹시 있다면 만날지도 모르는 외계인을 위해 지구를 소개하는 여러 가지 문명 자료 샘플들을 실어 보냈는데 그 가운데 하나가 바로 베토벤 최후의 걸작이라 할 수 있는 현악4중주 제13번이랍니다.

황금으로 코팅된 동판 레코드 속의 베토벤. 그리고 누군가 이 우주선을 발견하고 그 속에 들어와 그의 음악을 듣게 될 날을 기대하며 쏘아올린 이 작품의 제목은 더 이상 베토벤 현악4중주 13번이 아니었습니다.

후세 인류가 우주를 향해 소개한 베토벤 음악의 새로운 이름은 바로 "지구의 소리"였습니다.

한 장애인 작곡가가 쓴 작품이 200년 후 〈지구의 소리〉라는 이름표를 달고 우주를 날다!

이보다 더 감동적인 이야기가 또 있을까요?

어느 가난하고 귀먹은 불쌍한 음악가는 이제 어려움을 이긴 인간승리의 새로운 아이콘이 되어 저 밤하늘의 별들에게까지 자기 음악을 들려주는 범우주적 스타 뮤지션이 되었습니다. ♣

멜론에서 듣기

베토벤, 현악4중주 13번 B플랫장조
나를 위한 추천음악 [39]

정리정돈 1

눈이 침침해지기 시작합니다. 물체가 얼보이기도 하고 초점이 흐려지기도 하지요.

의사를 만나보니 안경을 권합니다. 그러면서 하는 말이 "노안이 오는 모양이네요." 합니다.

내 기분이 좋지 않아 보였는지 또 이렇게 말을 합니다.

　"그래도 다행히 책을 많이 안 보시는 모양이네요.

　요즘엔 젊은 사람들이 하도 책을 많이 봐서 노안이 많아요."

이걸 위로랍시고!

기분이 더 나빠지는 이유는 뭐지?

안경점에 가니 디자인도 기능도 너무 좋은 안경이 이토록 많은 줄 몰랐습니다.

그 가운데 하나, 작고 가벼워서 쓴 줄도 모른다는 걸로 하나 해서 써

보니 세상이 달라 보입니다.

물체가 얼보이지도 않고 초점도 또렷합니다.

그리고 몇 년… 요즘은 가끔씩 안경을 벗어드는 일이 잦아졌습니다.

정작 아주 가까운 것을 볼 때는 그 좋다는 안경을 벗어야 더 잘 보이더군요.

그리고 알았습니다.

내 주위의 소중한 것들을 보기위해서는 세상의 좋고 분주한 것들을 어느 정도 내려놓아야 한다는 것 말이죠.

그래서 사람의 마음도 가끔은 정리정돈이 필요합니다. ♣

주위의 소중한 것들을 보려면 세상의 좋고 분주한 것들을 어느 정도 내려놓아야 합니다.

멜론에서 듣기

요한 슈트라우스 2세, '라데츠키 행진곡' Op.228

나를 위한 추천음악 [40]

정리정돈 2

정리에는 '버림'이라는 뜻이 들어 있습니다.

먼저 버려야 합니다.

회사에서도 정리해고를 먼저 하고 자리를 비운 뒤에 사람을 새로 뽑습니다.

정돈은 '가지런히 하다'란 뜻이 있죠.

깨끗이 정돈된 모습은 늘 마음을 편하게 합니다.

미움을 버려야 사랑이 들어오죠.

세상을 버려야 가정이 보이고, 나를 버려야 가족이 보입니다.

불필요한 스트레스를 버려야 심호흡한 공기가 맑은 정신으로 나에게 들어옵니다.

도공이 흙을 빚어 그릇을 만들어도 비어있는 그곳이 그릇의 역할을 하고, 목수가 나무를 엮어 집을 만들어도 비어있는 그곳이 집의 역할을 합니다. ♣

도공이 흙을 빚어 그릇을 만들면

비어있는 곳이 그릇의 역할을 하고,

목수가 나무를 엮어 집을 만들면

비어있는 곳이 집의 역할을 합니다.

멜론에서 듣기

리스트, '라 캄파넬라'
나를 위한 추천음악 [41]

쩍벌남

전철을 타고 가는데 한 초등학생이 두 명은 앉을 수 있는 자리를 차지하며 두 다리를 쩍 벌리고 앉아 있었답니다.

이걸 본 대학생 형은 건방진 초딩 '쩍벌남'의 버릇을 고쳐 주리라 마음먹고 옆자리에 비집고 앉습니다.

허, 그런데 이 초딩 녀석, 다리를 더 벌리며 대학생 형을 옆으로 밀어내는 게 아닙니까?

대학생 형도 다리를 쫙 벌려 서로 밀어내기를 하는데, 힘으로 어찌 형을 이기겠습니까?

하지만 이 꼬마 패기를 담아 다리에 힘을 주고, 자존심이 있는 형님도 절대로 물러서지 않습니다.

그렇게 한참 동안 신경전을 벌이던 우리의 초딩 꼬마!

전철 안 사람들이 다 들을 수 있는 큰소리로 대학생 형에게 말합니다.

"형! 형도 포경수술 했어요?"

세상일에는 다 그만한 이유가 있기 마련이지요! ♣

제3악장 [나를 위로해주는 음악]　　　　　　　　　유튜브 음악감상실 🎧

▶ 베토벤, '비창' 소나타 2악장

너무나 처연해 차라리 아름다운 음악이 있습니다. 강렬한 슬픔을 주제로 한 최초의 베토벤 피아노 소나타로, 주제 선율이 너무나 구슬퍼 듣는 이가 자신의 슬픔을 잊게 만든다는 음악입니다. 제목조차 베토벤이 직접 붙이지 않고 출판업자가 음악을 들어본 뒤에 이름을 붙여 인쇄했다는 음악, 베토벤 '비창' 소나타 중 2악장을 들어 보세요.

Sonata No.8 in C minor Op.13 'Pathetique' 2nd movement - Daniel Barenboim

　멜론에서 듣기

바흐, 〈평균율〉 1집 1번
나를 위한 추천음악 [42]

비닐봉지

국내에서 연간 사용되는 일회용 비닐봉지는 1인당 약 400장 정도로, 전체 인구로는 약 200억장에 이릅니다.

그것도 통계가 가능한 봉지에 한하니까 우리가 무심코 들고 다니는 정체 모를 검정 봉지들까지 합하면 그 숫자는 어마어마할 겁니다. 이걸 또 전 세계의 사용량으로 계산하면 인류는 아마도 일 년 내내 비닐봉지만 찍어내며 사는 종들이라 해도 과언이 아닐 겁니다.

인간은 겨우 몇 분 쓰고 버리지만 분해되는 데엔 수백 년 이상이 걸린다는 이 비닐봉지때문에 국제환경단체는 7월 3일을 '비닐봉지 안 쓰는 날'로 정하기에 이르렀죠.

보고된 바로는, 세계 5대양을 통틀어 모든 바다에서 거북 같은 해양 포유류와 바다새들이 비닐봉지를 먹이로 착각해 잡아먹는(?) 일이 부지기수라고 합니다.

그밖에도 히말라야 등반 중 미끄럼 사고의 대다수가 눈이 아니라 버려진 비닐봉지를 밟고 넘어지는 경우라는 둥, 남아프리카에서는 버린 비닐봉지가 바람에 날아다니다가 나뭇가지에 얼마나 많이 걸리는지 그걸 본 사람들이 비닐봉지에 "남아프리카공화국의 국화國花"라는 애칭까지 달아줬다는 둥, 비닐봉지 쓰레기의 폐해에 대한 이야기는 끝이 없습니다.

그런데 진짜 중요한 것은 히말라야부터 태평양까지의 비닐봉지가 아닌 우리 마음 속 비닐봉지일지 모릅니다.

우리 마음속을 이리저리 날아다니는 비닐봉지 같은 정체모를 미움과 근심, 불평, 이런 것들이 분해되기까지 우리에겐 또 얼마나 많은 시간이 필요할까요?

마음속 창문을 활짝 열고 대청소 한번 해 보는 건 어떨까요? ♣

멜론에서 듣기

바흐, 칸타타 147-10, '예수 인류의 소망과 기쁨'
나를 위한 추천음악 [43]

▶ 몬티, '차르다시' (데이비드 가렛)

 사람과의 관계가 어려우신가요? 아님 그냥 소리 지르고 싶은가요? 울고 싶을 때 울려 주는 또 하나의 동질효과 음악테라피, 집시음악의 정수를 보여주는 몬티의 '차르다시'입니다. 이탈리아의 작곡가 몬티가 헝가리의 민속 무곡에서 힌트를 얻어 만든 이 곡은 집시 여인의 울음소리 같은 애절함으로 시작해 한바탕 정열적인 춤곡의 빠른 악상으로 전개되죠. 클래식의 거장 리카르도 샤이와 신세대 바이올리니스트 데이비드 가렛의 만남! 마음이 후련해집니다.

Vittorio Monti, Csárdás - David Garrett

▶ 몬티, '차르다시' (집시 버전)

 시도로바 아코디언 밴드가 들려주는 편곡 버전입니다. 아코디언, 클라리넷, 바이올린 그리고 다섯 명의 실내악 앙상블이 들려주는 몬티의 '차르다시' 집시 버전을 듣다 보면 그 시대로 빨려 들어가는 느낌입니다.

Vittorio Monti, Csárdás - Ksenija Sidorova

▶ 헨델, '나무 그늘 아래서'

 스트레스와 미세먼지 그리고 복잡하게 얽힌 인간관계 속의 현대인들에게 300년 전 음악가가 보내준 처방전입니다.
"아름다운 나무 그늘의 그 사랑스러움 속에서 폭풍, 천둥이 불어와도 아늑한 이곳에서 너의 마음이 쉬어가리."

Georg Friedrich Händel, Ombra Mai Fu Cécilia Bartoli

잠깐만요

앞만보고정신없이달려오다문득오늘을만난모든분들께
언젠가당신의마음에새겼던꿈과사랑과계획들은안녕하신지.
지내다가 느낌표!나 물음표?를 만나기 전에
지금
쉼표,로
잠깐
돌아보고
가시는 건
어떨까요? ♣

▶ 사티, '짐노페디' 중 1번

 프랑스의 작곡가이자 피아니스트 에릭 사티가 1888년 만든 세 개의 피아노 작품 중 첫 번째 곡으로, 느린 템포의 신비한 선율이 차분하고 감상적인 예술의 세계로 시간 이동하게 하는 힘이 있습니다. TV 속 광고음악으로도 유명한 이 작품은 프랑스 인상주의 음악을 대표하는 곡 진행으로 마치 미술작품 속 색채 변화가 음악의 옷을 입고 사람들의 마음을 감싸듯 진행됩니다.

Erik Satie - Gymnopédie No.1

 멜론에서 듣기

Fly Me To The Moon – 줄리 런던
나를 위한 추천음악 [44]

▶ 성 프란시스코의 기도 (위스콘신대학 합창단)

 "이제 우리에게 주어진 일은 무엇이고, 이제 우리에게 주어질 일은 무엇인가?"

이탈리아 아시시의 부유한 포목상의 아들로 향락을 일삼던 청년이 어느 날 나환자와 가난한 이들을 위해 살기로 인생의 목표를 전환하면서 자신이 가진 모든 재산을 포기하게 됩니다. 아시시 주교 앞에서 자신이 입고 있던 옷을 모두 벗어 버리고 알몸의 수도자가 되기를 서원한 기인. 욕심과 야망 대신 섬김과 봉사로 인생 여정을 마친 후 수도자가 될 때 그랬던 것처럼 자신이 죽거든 옷을 모두 벗기고 잿더미 위에 뉘어 달라고 유언했던 성자. "백 년마다 한 번 성 프란시스코가 태어난다면 세상의 구원은 보장될 것이다"라고 했던 간디의 말처럼 종교와 인종, 세대를 뛰어넘는 가치를 실천한 성 프란시스코. 그의 기도문 안에 혹시 오늘을 살아가는 우리가 그렇게 간절히 찾고 있는 인생의 아픔을 치유할 방법과 인생의 목적을 제시할 비전이 숨어있는 건 아닐까요? 위스콘신대학 합창단이 연주하는 '성 프란시스코의 기도'는 마치 바람에 흔들리는 나뭇잎 사이에서 은은히 들려오는 신의 메시지처럼 듣는 이에게 깊은 상념을 선물합니다.

Prayer of St. Francis - Robert Delgado

Prayer of Saint Francis
성 프란시스코의 기도

Lord, make me an instrument of Thy peace
주여 나를 평화를 위한 당신의 도구로 써 주소서

where there is hatred, let me sow love
미움이 있는 곳에 사랑을

where there is injury, pardon
다툼이 있는 곳에 용서를

where there is discord, union
분열이 있는 곳에 화합을

where there is doubt, faith
의혹이 있는 곳에 신앙을

where there is error, truth
그릇됨이 있는 곳에 진리를

where there is despair, hope
절망이 있는 곳에 희망을

where there is darkness, light
어둠이 있는 곳에 빛을

and where there is sadness, joy.
그리고 슬픔이 있는 곳에 기쁨을 가져오는 자 되게 하소서.

O Divine Master grant that I may not so much seek to be consoled as to console;
오, 주여 위로 받기보다는 위로하고

to be understood, as to understand;
이해 받기보다는 이해하며

to be loved, as to love;
사랑받기보다는 사랑하게 하여 주소서

for it is in giving that we receive,
우리는 줌으로써 받고

it is in pardoning that we are pardoned,
용서함으로써 용서받으며

and it is in dying that we are born to Eternal Life.
자기를 버리고 죽음으로써 영생을 얻기 때문입니다

Amen.
아멘.

제4악장

음악

그리고 내 미래를 밝혀주는 음악들

내 미래를 위해
배경음악을
깔아준다면···

이기는 사람

대학에서 강의하면서 학생들에게 과연 자신이 이기는 사람인지 지는 사람인지 스스로 평가하게 한 적이 있습니다.
제가 물어본 평가 문제는 다음과 같았습니다.
여러분들도 한번 같이 답해 보시기 바랍니다.

〈1번 문제〉

이기는 사람은 실수를 했을 때 "내 잘못이다."
지는 사람은 실수를 했을 때 "너 때문이다."라고 말합니다.
나는 이기는 사람입니까, 지는 사람입니까?

〈2번 문제〉

이기는 사람은 아랫사람이라도 고개 숙여 사과하지만,
지는 사람은 지혜로운 사람에게도 고개를 숙이지 않습니다.

나는 이기는 사람입니까? 지는 사람입니까?

(여기까지는 모두 이기는 사람이라고 답합니다.)

〈3번 문제〉

이기는 사람은 열심히 일해도 시간의 여유가 있고,

지는 사람은 게으르면서도 늘 바쁘다며 허둥댑니다.

나는 이기는 사람입니까? 지는 사람입니까?

(갑자기 다들 대답을 못합니다.)

〈4번 문제〉

이기는 사람은 열심히 일하고 열심히 놀고 열심히 쉬고,

지는 사람은 허겁지겁 일하며 빈둥빈둥 놀고 흐지부지 쉽니다.

나는 이기는 사람입니까? 지는 사람입니까?

(……)

〈5번 문제〉

이기는 사람은 지는 것도 두렵지 않지만,

지는 사람은 이기는 것도 걱정입니다.

나는 이기는 사람입니까? 지는 사람입니까?

(……)

〈6번 문제〉

이기는 사람은 과정을 위해 살고,

지는 사람은 결과를 위해 삽니다.

나는 이기는 사람입니까? 지는 사람입니까?

(Z… Z… Z…) ♣

멜론에서 듣기

로시니, 오페라 〈윌리엄 텔〉 서곡
나를 위한 추천음악 [45]

파가니니

활 하나로 19세기 유럽의 모든 돈을 쓸어 모았다는 사람이 있습니다. 1800년대 초반에 활약했던 이탈리아 바이올린의 전설 니콜로 파가니니Niccolo Paganini가 바로 주인공입니다.

만돌린 연주자였던 아버지가 만돌린을 사주면서 처음 악기를 배웠습니다.

그의 형에게는 바이올린을 사주었죠. 하지만 형의 바이올린 연주가 시원치 않다고 생각한 그는 "차라리 내가 배우는 게 낫겠다"고 생각해 몰래 형의 악기로 연습했다고 합니다.

그렇다면 그 형은 대체 뭐가 되나요?

어쨌든, 영혼을 악마에게 팔아버린 대가로 재능을 얻었다는 파가니니! 도대체 어떤 연주가였기에 사람들은 그런 말을 했을까요?

그의 연주를 들은 사람들은 마치 곡예라도 하듯 빠른 손가락놀림에 감탄하지 않을 수 없었다고 합니다. 그가 긋는 활에서는 불꽃이 튀었다는 이야기도 있을 정도입니다.

그러다가 기타에 심취해 기타의 명인까지 되었다는 파가니니! 만돌린에서 바이올린에 이어 기타까지, 그야말로 현악기 3종 세트에 모두 통달한 달인이었죠.

하지만 자신을 천재라고 칭하는 사람들에게 이렇게 말했다죠.

> "모든 사람이 악마에게서 재능을 샀다고 말하는 바로 그 시간에 나는 손가락에서 피가 터지는 경험을 해야 했다. 수도 없이…" ♣

멜론에서 듣기

파가니니, '바이올린과 기타를 위한 소나타' No.6

나를 위한 추천음악 [46]

사라사테

파가니니 이후에 신적인 천재성을 과시하며 최고의 바이올리니스트로 인정받은 연주가가 있습니다.

"천재", "기적" 등의 수식어가 그를 따라 다녔고, 실제로 그가 출연한 연주회는 단 한 번도 매진되지 않은 적이 없을 정도였다고 합니다.

"파가니니의 재래", "스페인의 파가니니"라 불리던 사라사테^{Pablo de Sarasate}는 여덟 살에 이미 네 개의 줄로 마드리드의 기적이 되었고, 스무 살에 파리를 점령했으며, 전 세계에 스페인의 음악을 알린 위대한 아티스트입니다.

바이올린 연주와 작곡에 능했던 그는 실제로 많은 바이올린 곡을 작곡했는데, 그 곡들이 너무 어려워 당시에는 사라사테 자신만이 연주할 수 있을 정도의 고난도 테크닉을 요구했습니다. 파가니니가 그랬던 것처럼 말입니다.

어느 날 사람들이 그에게 말했습니다.

"아마도 선생은 세상에서 가장 축복 받은 사람일 것입니다. 그 누구도 갖지 못한 훌륭한 재능을 가졌으니까요."

그러자 사라사테는 이렇게 대답했다고 하죠.

"그렇습니다. 저는 하나님으로부터 훌륭한 재능을 받았습니다. 그래서 이 세상 누구보다 큰 복을 지녔지요. 하지만 특별한 재능을 받지 못한 사람이라도 저처럼 하루에 14시간씩 30년 동안 하루도 거르지 않고 연습한다면 누구나 천재가 될 수 있습니다." ♣

멜론에서 듣기

사라사테, 바이올린 독주곡 '치고이너바이젠'
나를 위한 추천음악 [47]

왕희지

아주 오래 전 중국 동진東晉이란 나라에 글씨를 제일 잘 쓰는 서예가가 있었습니다.

중국 고금을 통틀어 제일 글씨를 잘 써서 "서성書聖"이라 불리던 왕희지王羲之가 바로 그입니다.

유감스럽게도 그의 작품은 그리 많이 전해지지 않고 있는데, 거기엔 그럴만한 사연이 있습니다.

당나라의 태종이 그의 글씨를 너무도 사랑한 나머지 신하들에게 "온 천하에 있는 왕희지의 글씨를 모아 바치되, 글자 하나까지도 빠짐없이 가져오라"고 명령했다는 겁니다.

그리고는 모은 작품들을 죽을 때 자기 관에 넣어 묻게 했다는군요.

죽어서도 작품을 독차지하고 싶을 정도로 걸작이었던 모양입니다!

이런 왕희지에게 아들이 하나 있었습니다.

한데, 그 집 아들도 글공부는 열심히 하지 않고 놀러 다니기 바빴던 모양입니다.

하루는 왕희지가 아들 방에 가보니 책상 위에 달랑 "큰 대(大)"자 한 글자만 남겨놓고는 어디론가 내빼고 말았더랍니다.

이를 본 왕희지 선생은 입가에 미소를 지으며 점 하나를 보태 "클 태(太)"자를 만들었습니다.

저녁이 되어 집에 돌아온 아들이 어머니께 숙제검사 받을 시간이 되었습니다.

자신이 쓴 글자를 보여주었더니 어머니가 말씀하십니다.

　　　"점하나는 정말 잘 썼구나!"

점 하나를 찍어도 명품으로 찍는 아버지와 그 점을 단번에 알아보는 어머니의 안목에 아들은 고개를 숙일 수밖에 없었습니다.

뭔가 깨달았는지 아들은 아버지를 찾아가 무릎 꿇고 말합니다.

　　　"명필이 될 수 있는 비결을 알려 주십시오."

　　　"따라 오너라."

뒤뜰로 아들을 데려간 왕희지는 장독대에 있는 18개의 커다란 물독을 가리키며 말했습니다.

　　　"이 안의 물을 먹물로 다 쓰면 그 비결을 찾을 수 있을 것이다."

이쯤 되면 거울 앞으로 가서 우리 모습을 한번 비춰봐야 하지 않을까요? ♣

▶ 〈대부〉 O.S.T.

"전설"이라는 이름이 더 어울리는 영화음악. 말론 브란도, 알 파치노, 제임스 칸, 로버트 듀발 등 기라성 같은 명배우들의 연기와 프란시스 포드 코폴라 감독의 천재성이 만든 작품으로 네티즌 선정 명화 차트에 언제나 이름을 올리는 영화 〈대부〉의 O.S.T. 곡은 영화음악의 명작 중 명작으로 꼽히고 있습니다.

The Godfather(1972) Theme - Cello Cover

　멜론에서 듣기

슈베르트, 즉흥곡 D935 2번
나를 위한 추천음악 [48]

우표

어느 나라의 왕이 업적을 과시하려고 자기 얼굴이 디자인된 우표를 발행했습니다. 그런데 이상한 현상이 일어났습니다. 우표의 판매 실적은 최대치를 보이는데, 사람들은 우표가 잘 붙지 않는다고 불만이 쏟아지고 있다는 겁니다. 대체 잘 붙지도 않는 우표를 왜 이리 많이 사는 것일까요?

더욱 이상한 것은, 왕이 직접 우표에 침을 묻혀 붙여 보니 아주 잘 붙더라는 겁니다.

"이렇게 잘 붙는데, 무슨 소린가?"

왕이 말하자 그 나라 체신부 장관이 말합니다.

"예, 그건… 사람들이 전부 우표 앞면에 침을 뱉는 바람에…"

초창기 우편제도는 후불제 요금이었는데 사람이 없어 반송되거나 분실 되는 등의 상황이 생기면 정산하기가 여간 불편한 게 아니었습니다. 이런 불편을 해소하기 위해 1840년 영국에서 근대우편의 아버지라 불리는 롤런드 힐Rowland Hill에 의해 우표가 탄생합니다. 어른 엄지손톱 크기의 보잘것없는 종이딱지에 불과하지만 우표가 우리에게 주는 메시지는 큽니다.

즉, 어떤 것에든 한번 찰싹 달라붙으면 목적지에 도착할 때까지 절대 떨어지지 않는다는! ♣

멜론에서 듣기

오페라 〈보헤미아의 소녀〉 중 '대리석 궁전에 사는 꿈을 꾸었네'
나를 위한 추천음악 [49]

거짓말 1

역사적으로 가장 큰 악명을 남긴 사람이라면 히틀러^{Adolf Hitler}를 빼놓을 수 없을 겁니다. 그는 자신에게 가장 쉬운 일이 사람들을 속이는 거라고 말했습니다. 그리고 정말로 세계를 속이고 우롱하며 선동했던 인물이죠.

> "선전으로 사람들은 천국을 지옥으로 그리고 지옥을 천국으로 여길 수 있지. 그리고 바로 내가 그들이 그렇게 믿도록 도와주고 있는 거야."

거짓말로 어리석은 사람들을 선동하는 것이 인류에 기여하는 것이라며 스스로를 속였던 인물. 독재자, 웅변가로, 제2차 세계대전을 일으켰고, 그로 인해 희생된 유대인의 수가 무려 600만 명, 거기다 300만이 넘는 소련군 포로를 굶겨 죽인 희대의 전쟁광…

그를 묘사하는 수식어가 어디 한둘이겠습니까?

게다가 어딘가에 살아서 지구에 출현하는 UFO를 진두지휘하고 계

시다고 믿는 추종자, 광신도들을 지금도 거느리고 있으니 히틀러,
참 대단하긴 합니다.

그런데 그의 거짓말에는 비결이 숨어있었다고 합니다.

> "사람을 속이는 데 필요한 두 가지 원칙이 있는데, 하나는 반
> 복하는 것이고 다음은 크게 속이는 것이다."

> "거짓말을 하려면 될 수 있는 한 크게 하라. 그러면 사람들은
> 그것을 믿게 될 것이다."

이것이 그가 한 명언(?)입니다.

처음에는 안 믿던 사람도 반복해서 들으면 결국 넘어가게 되죠. 그
것도 작은 거짓말 보다 큰 거짓말에 더 잘 속아 넘어간다는 것이죠.
작은 거짓말 앞에서는 "에이, 거짓말!" 하던 사람들도 엄청난, 정말
말도 안 되는 거짓말 앞에서는 "진짜?" 한다는 겁니다.

인간이 얼마나 어리석은지 보여주는 말이기도 하죠. ♣

멜론에서 듣기

리스트, 헝가리안 랩소디 No.2

나를 위한 추천음악 [50]

거짓말 2

휘태커James W. Whittaker라는 세계적 산악인이 있습니다. 워싱턴 시애틀 출신으로 미국 산악계의 판도를 뒤흔든 등정 영웅이죠.

"휘태커 씨 들어오세요!"

에베레스트를 등정하는 원정 대원들은 마지막 준비단계로 네팔정부가 인정한 심리학자들로부터 심리테스트를 통과해야 합니다. 테스트를 위한 여러 질문들 가운데 시험관들이 공통으로 하는 질문이 하나 있는데, "당신은 정상에 오를 수 있다고 생각합니까?"라는 질문입니다. 이 질문을 받는 대다수의 대원들은 다들 비슷한 대답을 합니다.

"최선을 다하겠습니다." 또는 "그렇게 되기를 바라는 마음으로 열심히 노력했습니다."라는 대답이죠.

휘태커도 이 질문을 피해갈 수 없었습니다.

"휘태커 씨, 당신은 세계의 지붕이라는 저 에베레스트의 정상에 오를 수 있다고 생각하십니까?"

"네, 올라갑니다. 저는 분명히 정상까지 올라갑니다."

서른네 살의 휘태커는 마치 자신이 에베레스트 정상에 이미 올라와 있는 것처럼 확신에 가득 찬 어조로 대답했습니다. 그리고 1963년 5월 1일, 세계에서 가장 높은 산 에베레스트의 8,850미터 고지를 정복한 첫 미국인이 되었습니다.

그 뒤 휘태커는 1978년 K2봉 미국 등정대의 리더로, 1990년엔 에베레스트 국제평화등반대 리더로 활동했고, 미국 캘리포니아에서 캐나다에 이르는 캐스케이드 산맥의 최고봉 레이니어 4,392미터 정상을 무려 60회나 등정한 전설의 산악인이 되었습니다.

"네, 올라갑니다. 저는 분명히 정상까지 올라갑니다."

위대한 휘태커의 성공은 자신의 목표를 바로 보고 불가능이라는 마음속 거짓말쟁이의 존재를 무시한 데서 이미 예견되었던 것 아닐까요? ♣

멜론에서 듣기

르로이 엔더슨, '타이프라이터'
나를 위한 추천음악 [51]

거짓말 3

바실리 알렉세예프Vasili Aleksejev라는, 러시아에서 아니 세상에서 가장 힘이 센 남자가 있었습니다. 1960-70년대까지만 해도 인간들 스스로 만든 심리적 장벽이 있었습니다. 역도에서 인간의 한계라고 일컬어지던 500파운드(약 227킬로그램)라는 마의 벽입니다.

과연 인간이 한번에 오백 파운드의 무게를 들어 올릴 수 있을까? 많은 의사들이나 학자들은 불가능하다며 고개를 저었습니다. 안 된다고, 들더라도 치명적인 부상을 입고 말 거라고 말이죠.

랴잔 지방의 한 작은 마을에서 태어나 어려서 광부가 되었고, 지긋지긋한 갱 속에서 석탄먼지와 씨름하면서 세상이란 원래 흑백인 줄만 알고 자랐던 이 꼬마는 어느 날 푸른 들판에 누워 무심코 새파란 하늘과 그 위에 떠가는 흰 구름을 보았을 것입니다. 그러다 문득 이렇게 생각했겠죠.

"어라, 세상이 컬러였네? 이토록 아름다운…"

열여덟 살이 되자 아이는 들고 있던 삽자루를 집어던지고 굳은살 박인 손으로 바벨을 잡으면서 이렇게 중얼거렸을 것입니다.

"나는 이제 이 세상을 번쩍 들어 올릴 거야, 컬러풀하고 아름 다운 이 세상을…"

슈퍼헤비급 역도선수가 된 바실리 알렉세예프의 신기록 행진은 인 간의 한계라던 500파운드에서 시작합니다. 당시로선 불가능하게 여 겨졌던 500파운드를, 아니 그 이상을 연습경기에서 이미 들어 올린 그를 보고 세계가 경악했죠.

그리고 드디어 열린 세계역도선수권대회에서 사람들은 인류 역사 상 가장 위대한 순간을 목격하리라는 희망에 들떠 있었고, 알렉세예 프의 부담은 그만큼 커집니다. 이 대회에서 결국 그는 499파운드를 끝으로 경기를 포기하고 말았지만 그래도 우승을 차지합니다. 경쟁 상대가 없었으니까요.

그런데 문제는 다음부터였습니다. 경기가 끝난 뒤 무게를 달아 본 경기 도우미들, "어우야, 실수… 하셨네요!" 다시 재 본 바벨의 무게 가 501.5파운드였던 것입니다. 사람들은 다시 뜨겁게 환호했고, 알 렉세예프는 세계의 힘짱, 몸짱, 짐승남으로 우뚝 서게 됩니다.

허허, 그런데 진짜 더 큰 문제는 그때부터였습니다. 러시아의 알렉 세예프가 500파운드 넘게 들어버리면서 "당연히 안 되는 일"이라던 인간의 심리적 저항선이 무너진 겁니다. 그 결과 그해에만 500파운 드 이상을 들어 올린 역사가 무려 6명이나 더 나오는 놀라운 사건이

발생합니다. 사람의 마음이란 게 참 묘하죠?

어쨌든 스스로 모든 것이 가능하다고 생각했던 알렉세예프는 1970 년의 첫 세계기록 수립 이후 1977년까지 8년간 80번이나 세계기록을 갈아치우고, 1972년 뮌헨 올림픽과 1976년 몬트리올 올림픽에서 연이어 우승했으며, 세계선수권대회에서만 무려 22회 우승을 차지하는 놀라운 업적을 달성하게 됩니다. 그리고 최종적으로 자기 몸무게의 3배를 들어 올린 전설의 역사가 되었죠.

결국 인간이 들지 못한 건 인간의 마음이었던 것입니다.

안 된다고, 못 한다고 스스로 속이는 거짓말에 중독된 건 아닌지 우리 모두 돌아볼 일입니다. ♣

겁쟁이와 망설이는 자에게는 모든 것이 불가능하다.
왜냐하면 그들에겐 모든 것이 불가능해 보이기 때문이다.

멜론에서 듣기
You raise me up – Westlife
나를 위한 추천음악 [52]

▶ 사라사테, '치고이너바이젠'

 집시를 소재로 한 음악 작품은 수없이 많고 대부분 바이올린 작품입니다. 그 중에서도 특별히 사라사테의 바이올린 독주곡 치고이너바이젠 Zigeunerweisen은 독보적인 인기를 끄는 곡인데요. 'Zigeuner'란 집시를 독일식으로 부르는 호칭이며, 'Zigeunerweisen'은 '집시의 노래'란 뜻입니다. 이 작품은 엄청난 곡 난이도와 어려운 연주 기법 때문에 사라사테가 생존해 있을 당시 이 곡을 연주할 수 있는 사람은 사라사테 자신뿐이었다고 하죠. 이 곡은 세 부분으로 되어 있는데, 제1부는 집시여인의 울음을 연상케 하는 음악이 변화무쌍한 기교로 로맨틱하게 연주되고, 제2부는 조금 느린 템포의 가요조 음악이 흘러나오고, 제3부에서는 쾌활하고 빠른 템포의 아주 열광적인 집시 춤곡이 연주됩니다.

Pablo de Sarasate, Zigeunerweisen Gypsy Airs Melodii Lautaresti

▶ 파가니니, 바이올린 소나타 6번

 울고 나면 후련해질 것 같은 음악이 필요하다면 여기 이 음악을 들어 보세요. 이보다 사람의 마음을 잘 어루만지는 음악이 있을까요? 바이올린 특유의 애절한 음색과 갖가지 연주 기교가 배합되어 듣는 이의 마음을 울리고 웃기는 명작이 있습니다. 기타 반주와 함께하여 더욱 감동적인 파가니니의 바이올린 소나타 6번입니다. 그 옛날 파가니니의 연주를 직접 본 사람들이 전하는 바로는 그 손놀림이 얼마나 빠른지 활에서 연기가 났다고도 하고, 연주 도중에 어디선가 한 마리 새가 날아와 그의 어깨에 앉아 음악을 감상했다고도 하죠. 범상치 않은 그의 외모 탓에 악마에게 영혼을 맡기고 음악을 얻었다는 말까지 듣는 전설의 곡입니다. 자, 어떤 음악인지 한번 들어 볼까요?

Niccoló Paganini, Violin Sonata Op.3 No.6

▶ 슈트라우스, '라데츠키 행진곡'

 오스트리아의 작곡가 요한 슈트라우스 1세의 걸작입니다.

오스트리아의 국민 영웅 라데츠키 장군의 이름을 따서 만든 이 작품은 1848년 8월 31일 초연 당시 3번이나 앙코르를 받았다고 하네요. 지금도 오스트리아를 대표하는 행진곡으로 여겨지고 있으며 신년음악회를 비롯한 각종 축하음악회에는 빠지지 않는 레퍼토리입니다. 영상 속 신년 축하음악회 분위기…. 거장 다니엘 바렌보임의 여유와 익살…. 새해 인사는 이렇게 하는 겁니다!

자, 기분전환이 필요하신가요? 지금 바로 들어 보세요.

Johann Strauss, Radetzky March

▶ 로시니, 오페라 〈윌리엄 텔〉 서곡 (피날레)

 신나는 기분전환용 음악이 필요하다면 여기 또 하나, 백마 탄 기사 같은 음악 '윌리엄 텔 서곡'이 있죠.

서곡이란 그 오페라의 내용을 함축해 공연 처음 부분에 관현악으로만 연주하는 곡인데요, 10여분 정도 연주되는 '윌리엄 텔 서곡' 중 특히 마지막 부분은 흥겨움의 결정판을 보이고 있습니다.

뭔가 어깨를 들썩이고 싶은 기분이라면 이 곡을 꼭 들어 보셔야죠.

Gioacchino Antonio Rossini, Overture to <William Tell>

씨앗

영화배우에서 감독으로, 영화제작자로 끊임없이 '무공'을 연마하고 있는 성룡成龍이 직접 기획, 제작, 출연한 영화의 한 장면에 마음을 울리는 한 구절이 있습니다.

불행에 빠진 사람들을 구하러 떠나기 전에 자신이 없어 주저하는 주인공에게 스승이 전하는 교훈입니다.

> "여기 황금 한 덩이와 진흙 한 덩이가 있다면 너는 무엇이 되고 싶으냐?"
>
> "당연히 황금이지요. 번쩍이는 인생을 원하니까요, 세상사람 모두가 그걸 원하지 않나요?"
>
> "그래! 그런데 만약 네 손에 들려있는 것이 한 줌의 씨앗이라면 넌 어떻게 하겠느냐?"

각자에게 다른 씨앗이 주어졌는데 모두 황금이 되길 바란다면 우리가 들고 있는 씨앗은 꽃을 피우기는커녕 심어보지도 못한 채 버려질 겁니다.

그래서 우리는 자신이 황금이 아님을, 내가 남들과 같지 않음을, 남들이 나와 같지 않음을 불평하지 말아야 합니다.

사람은 저마다 잘할 수 있는 일과 꼭 해야 할 일이 다른 법이니까요.

멜론에서 듣기

발트토이펠, '스케이팅 왈츠'
나를 위한 추천음악 [53]

가재

가재는 전쟁에 나선 장수와 같이 멋지고 튼튼한 갑옷을 가졌습니다. 가히 시냇물의 제왕다운 품격이죠. 그런데 외부의 공격으로부터 자신을 방어하기 위해 꼭 필요한 이 갑옷은 가재가 성장하기에는 대단히 불편하고 방해가 되는 짐이기도 합니다.

그래서 가재는 탈피를 합니다. 딱딱한 갑옷의 칼슘 성분을 몸으로 흡수해 말랑말랑하게 만든 다음 혼신의 몸부림과 수고를 거쳐 탈피를 시도합니다. 이렇게 탈피를 한 뒤에는 몸의 균형을 잡지 못할 정도로 체력이 고갈된다고 하죠. 일종의 성장통인 셈입니다.

하지만 이게 끝이 아닙니다. 탈피 직후 가재 몸은 너무 연해서 외부의 공격에 무방비 상태가 됩니다. 그래서 탈피 후 얼마 동안이 가재에게는 가장 위험한 시기가 되죠. 하지만 한번에 삼사 일씩 걸리는 목숨을 건 성장통을 가재는 일생 동안 수십 번씩 반복해야 합니다.

사람도 마찬가지입니다. 늘 작은 갑옷 속에서 안주할 것인지 더 큰 갑옷을 얻기 위해 필사의 노력을 할 것인지의 선택 앞에 서야 합니다.

팬들 앞에서 늘 환한 미소를 잃지 않는 세계적인 배우가 TV에서 이렇게 인터뷰 하는 것을 보았습니다.

"웃는 모습을 보여주기 위해 나는 오랜 기간 울면서 웃는 연습을 했다."

성장하기 위해선 이런 노력과 수고가 필요합니다. 웃으면서 하는 성장은 없으니까요. ♣

멜론에서 듣기

뮤지컬 〈지킬 앤 하이드〉 중 '지금 이 순간' - 홍광호
나를 위한 추천음악 [54]

오래달리기

지구상에서 가장 빠른 동물인 치타는 시속 100킬로미터의 속도에 이르는 데에 3초밖에 걸리지 않습니다. 그 뒤에는 시속 120킬로미터의 속력으로 계속 내달릴 수 있죠.

영양도 무려 시속 93킬로미터로 달릴 수 있고, 타조의 달리기 실력은 시속 90킬로미터, 톰슨가젤이라는 녀석은 시속 80킬로미터, 그레이하운드라는 경주견은 시속 70킬로미터, 경주마도 시속 65킬로미터 이상으로 질주할 수 있습니다.

세상에는 엄청난 힘과 능력을 가진 동물들이 많고 이런 동물들의 능력에 비하면 인간의 달리기 능력은 하찮은 걸음마 수준 정도죠. 하지만 이런 동물들과의 달리기 시합에서 인간이 이길 수 있는 종목이 있습니다. 어떤 동물도 따라올 수 없고 오직 인간만이 챔피언이 될 수 있는 시합은 바로 '오래달리기'입니다.

목표를 향해 오래 참고 끝까지 버티는 것은 인간만이 지닌 특별한 능력입니다.

이런 인간만의 능력을 발휘할 수 있을지는 선택에 달려있습니다.

끝까지 버틸지 말지는 당신의 선택이니까요. ♣

멜론에서 듣기

모차르트, 클라리넷 협주곡 2악장
나를 위한 추천음악 [55]

인디언 기우제

북아메리카 애리조나 사막에 사는 호피라는 인디언 원주민들이 있습니다. 그런데 이 부족은 신기한 능력이 있어서 기우제를 지내면 100퍼센트 비가 온다고 합니다.

이 소식을 들은 많은 과학자들이 궁금해했죠. 도대체 어떤 특별한 능력을 가졌기에 기우제를 지내면 어김없이 비가 오는 걸까? 과학자들은 최첨단의 기상과학 장비를 챙겨 그곳으로 몰려갔습니다.

구름 한 점 없는 하늘, 당분간 구름이 생겨날 징후조차 없는 뜨거운 하늘 아래 원주민들은 그들만의 방식으로 기우제를 시작했습니다. 그리고 과학자들이 목격한 그들의 방식은 가히 충격적이었습니다.

이 부족은 한번 기우제를 시작하면 비가 올 때 까지 멈추지 않았으니까요.

며칠이 되었건, 몇 달이 되었건, 일 년 내내가 될지언정 결코 멈추지 않았고 비가 올 때까지 기우제를 지내는 겁니다.

우리가 미개하다고 말하는 작은 인디언 부족은 배울 만큼 배우고 살만큼 사는 문명인들에게 이렇게 말하고 있는 겁니다.

"어이, 잘난 친구들! 우린 한 번 시작하면 될 때까지 한다네!"

♣

멜론에서 듣기

영화 〈미션〉 중 'Gabriel's Oboe'

나를 위한 추천음악 [56]

솔개

소리개라고도 하며, M자 모양의 꼬리와 매끄러운 몸매로 창공을 활주하는 솔개! 날렵하고 강인한 모습으로 위풍당당 하늘을 정찰하다가 목표물을 향해 쏜살같이 내닫는 모습은 정말 장관이죠.

우리나라에서도 흔히 볼 수 있는 나그네새였지만 지금은 멸종위기 2급의 보호동물이 되었다고 합니다.

이런 솔개의 최고 수명은 약 70년입니다. 그러나 실제 평균수명은 대략 40년 정도로 나타난다고 하는데요, 거기에는 이런 비밀이 숨어 있습니다.

솔개가 40살 가까이 되면 부리가 두터워지고 발톱은 무뎌지며 날갯짓 또한 무거워져서 사냥에 한계가 온다고 합니다. 그때가 되면 대부분의 솔개는 이를 운명으로 받아들여 은퇴의 시기로 여긴다고 해요.

하지만 어느 솔개는 다른 행동을 보이는데요, 우선 충분한 먹이활동을 한 뒤에 동료들이 가까이 오지 않는 깊은 산 높은 절벽을 찾아가긴 은둔에 들어간다고 합니다.

이렇게 은둔에 들어간 솔개는 두꺼워진 부리로 절벽의 바위를 힘껏 쪼아대며 스스로 그 부리를 깨뜨린답니다. 그러면 얼마 뒤에 고통 속에서 날카로운 새 부리가 돋아나게 된다죠.

그러고 나서 솔개는 다시 그 부리로 무뎌진 자기 발톱을 하나씩 물어 뽑기 시작합니다.

탈진할 듯한 고통 속에서 날카로운 새 발톱을 갖게 되면, 다시 그것으로 윤기를 잃은 묵은 날개의 깃털을 골라 모두 뽑아버리기 시작한답니다.

이런 길고 힘든 과정을 거쳐 다시 무리의 품으로 돌아온 솔개는 청년의 모습으로 다시 하늘을 날며 제 2라운드의 삶을 살게 되지요!

 멜론에서 듣기

비발디, 오페라 〈그리셀다〉 중 아리아 '두 줄기 폭풍이 몰아쳐 온다'
나를 위한 추천음악 [57]

상어

바다에 서식하는 어류에게는 '부레'라는 기관이 있습니다.

부레는 혈관으로 뭉쳐진 특수조직으로 되어 있어서 어류가 자신의 체내 혈액에서 스스로 기체를 흡수하거나 혈액으로 다시 기체를 돌려보낼 수 있도록 해줍니다. 어류는 이렇게 기체의 양을 조절해서 뜨거나 가라앉을 수 있으니 그야말로 바다생물의 생명줄이라고 할 수 있죠.

그런데 상어에게는 이런 부레가 없습니다. 바다에 군림하는 최상위 포식자에게 대부분의 어류들이 가지고 있는 부레가 없다니 뜻밖이죠?

부레가 없는 상어는 움직이지 않으면 계속 밑으로 가라앉아 결국 죽고 맙니다. 따라서 살려면 끊임없이 움직여야만 합니다.

숨 쉬고 있는 동안 잠시도 멈춰 있어선 안 되는 상어의 숙명!

위풍당당한 상어의 일생에 이런 아픔이 숨어 있다니 놀랍고, 상어의 일생과 우리네 인생이 어쩌면 그리 닮았는지 다시 한 번 놀랍습니다.

어쨌든 이런 운명 덕분에 상어는 바다 속을 처절하게 헤엄쳐 다녀야만 했고, 그 결과 물살을 가르기에 가장 완벽한 지느러미와 운동으로 단련된 근육 그리고 항공재료처럼 가볍고 탄력 있는 뼈를 선물로 가질 수 있었습니다.

결국 저주와 같은 약점이 상어를 바다의 챔피언으로 만든 것입니다.

 멜론에서 듣기

드보르자크, 교향곡 제9번 '신세계로부터' 4악장

나를 위한 추천음악 [58]

꿀벌

꿀은 오랫동안 인류 최고의 음식으로 사랑받아 왔습니다. 단당체로 이루어져 피로회복에 좋고, 미네랄과 비타민이 풍부해 피부에 좋고, 해독작용이 있어 숙취해소에 좋고, 혈액을 정화시켜 주니 면역에 좋고, 소화흡수가 잘 되니 소화촉진에 좋고, 장내 세균을 잡으니 변비에 좋고, 철분이 있으니 빈혈에 좋고, 마그네슘이 들어 있어 관절과 신경통에 좋아, 한마디로 만병통치약이라 할 수 있습니다. 게다가 인체흡수가 빨라 에너지로의 전환도 빠르다고 하니 다양한 효험은 끝이 없는 것 같습니다.

자, 이번에는 꿀이 아닌 꿀벌 이야기를 해 볼까요?
꿀벌은 알에서 부화하는데 약 3일, 애벌레 생활 약 6일, 번데기로서의 과정 약 12일을 지나 대략 20일 만에 꿀벌이 됩니다. 꿀벌의 수명은 태어난 계절에 따라 차이가 나지만, 평균 두세 달 정도라고 합니다.

한 마리의 꿀벌이 일생 동안 채취하는 원액 당분은 4그램 정도로 티스푼 한 개 정도밖에 되지 않지만, 이를 위해 꿀벌은 80킬로미터 이상을 날아다녀야 하고, 4천 송이 이상의 꽃들을 찾아야 하며, 벌집과 꽃 사이를 5천 회 이상 왕복해야 한답니다. 그렇게 모은 원액 4그램에는 70퍼센트 이상의 수분이 포함되어 있어서 꿀벌은 쉬지 않고 작은 날개를 움직여 이를 증발시켜야 합니다. 이런 수고를 거쳐서 일생 동안 만들어내는 순수 벌꿀은 고작 1그램 정도밖에 되지 않습니다. 이런 과정에서 꿀벌은 인간이 먹는 과일과 채소를 번식시키고 열매 맺게 하는데, 이것은 인류 전체 먹거리의 25퍼센트를 차지한다고 하죠.

이런 일들을 이루기 위해 몸 길이 12밀리미터의 작은 꿀벌들은 일생 동안 태풍과 더위, 추위와 눈보라를 이겨야 하고, 지구 온난화에 따른 수종 변화를 견뎌야 하며, 각종 매연과 농약과 가장 무서운 천적 말벌과도 싸워야 하는 것입니다.

당신은 지금 얼마나 치열한 삶을 살고 있나요? ♣

멜론에서 듣기

코르사코프의 오페라 〈술탄 황제의 이야기〉 중 '왕벌의 비행'
나를 위한 추천음악 [59]

무스탕

캘리포니아 지역은 미국의 역사와 문화가 살아있는 관광지로, 전체 미국 인구의 10분의 1이 모여 사는 큰 주입니다. 우리가 잘 아는 카지노의 도시 라스베이거스에서 샌디에이고를 거쳐 할리우드가 있는 로스앤젤레스와 환상의 해안도시 샌타바버라와 꿈의 항구 샌프란시스코로 이어지는, 누구나 가보고 싶고 살아보고 싶어 하는 곳이지요.

미국 개척사를 다룬 서부영화의 주 무대가 되는 이곳은 멋진 해안과 풍요로운 땅으로 기억되지만 사실은 해안이 가까운 사막 지역일 뿐입니다. 그리고 이곳의 사막화는 날이 갈수록 빠르게 진행되고 있지요.

이곳 사막에는 지금도 무스탕이라고 하는 토종 야생마가 많이 살고 있습니다. 그런데 추운 겨울이 되면 이놈들이 너무 많이 굶어 죽고

얼어 죽어, 해마다 늦가을이 되면 주정부에서 되는 대로 포획하여 보호했다가 봄이 되면 자연으로 되돌려 보내준다고 하네요.

단단한 몸매에 다부진 체격을 가진 이 녀석들은 당당하고 멋진 자태로 미국의 상징이 되어 각종 행사에 등장하는데요, 특별히 선별된 몇 놈은 주정부의 허가를 받아 각종 국가행사에 동원되기도 하죠.

한데 이놈들은 길들이기가 이만저만 까다로운 동물이 아니랍니다. 워낙 드세고 난폭한 야생성으로 전국의 소문난 카우보이들도 놈들을 올라탔다가 다치는 일이 많고 훈련에도 오랜 기간이 걸려 애로사항이 많았다고 합니다.

그러던 중 인디언 원주민의 후손인 한 노인이 자기 조상들이 쓰던 야생마 길들이기 방법을 주정부에 제안했는데, 그 방법을 써보니 다치는 사람도 없고 아주 잘 길들여지더랍니다.

그 방법은 아주 간단했습니다. 새끼 나귀 한 마리를 데려다가 야생마와 거의 얼굴이 닿을 정도로 가깝게 목을 묶어서 한 일주일만 놔두면 끝이라는 겁니다. 이 새끼 나귀 녀석은 덩치는 작아도 고집이 얼마나 세고 힘도 얼마나 센지 한번 당기기 시작하면 야생마가 아무리 날뛰어도 꼼짝을 하지 않는다고 합니다. 그렇게 며칠을 함께 묶어두면 야생마는 자연스럽게 길들여지게 되고, 줄을 풀거나 심지어 등에 올라타도 날뛰기는커녕 그러려니 한다는 겁니다.

이런 것이 바로 환경입니다. 환경은 이렇듯 대단히 중요하지요. 누구와 묶이느냐에 따라 습관도 결정되니까요.

우리가 좋은 부모, 좋은 친구를 만나야하는 이유가 바로 여기에 있는 겁니다.

그리고 더 중요한 건 우리 자신이 다른 이에게 얼마나 좋은 환경이 되어 주느냐 하는 것이지요.

좋은 환경을 만나는 것보다 중요한 것은 자신이 다른 이에게 좋은 환경이 되어 주느냐 하는 것입니다.

멜론에서 듣기

요한 슈트라우스 2세, '봄의 소리 왈츠'

나를 위한 추천음악 [60]

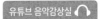

▶ 바흐, 플루트소나타 BWV 1031, 2악장 '시칠리아노'

 바흐는 대부분의 실내악 작품을 바이올린과 비올라, 하프시코드 등을 중심으로 만들었기 때문에 그의 플루트소나타는 매우 이례적이라 할 수 있습니다. 게다가 결정적으로 이 곡의 원본 악보에는 그의 친필 서명이 없어서 이것이 바흐의 작품이 아니라 그의 제자나 아들 칼 필립 엠마뉴엘의 작품일지도 모른다는 의심을 받아 왔습니다. 하지만 이 음악을 직접 들어본 사람이라면 바로크 플루트 음악의 최고 걸작임을 인정하며 바흐의 작품이란 걸 반박할 수 없게 됩니다. 바흐의 플루트소나타 BWV 1031, 2악장 '시칠리아노', 300년 전 바흐가 지어낸 눈물 나게 아름다운 감성을 느껴 보세요.

J. S. Bach, Flute Sonata BWV 1031.

▶ 모차르트, '디베르티멘토' B플랫장조 K-137, 3악장 알레그로

 마음이 피곤할 때 스트레스를 씻어 버리는 추천음악으로 모차르트의 디베르티멘토를 많이 추천합니다. 마음과 어깨의 피로를 툭 털어버리듯 딱 떨어지는 박자로 세련되고 안정된 음악을 들려주지요. 디베르티멘토는 "기분전환"이란 뜻이기도 합니다. 자, 여러분의 기분 전환을 위해 띄워드리는 모차르트의 '디베르티멘토' B플랫장조 K-137, 3악장 알레그로입니다.

W. A. Mozart, Divertimento in B-flat major K.137

▶ 코르사코프, '왕벌의 비행' (피아노 버전)

 림스키 코르사코프의 오페라 〈술탄 황제의 이야기〉 2막 1장에는 바다를
건너 날아온 벌떼가 백조를 습격하는 모습을 묘사한 음악이 나오는데요,
실제로 들어 보면 정말 벌떼가 날아오는 듯한 착각을 할 정도로 세밀하
게 묘사되고 있습니다. 음악이 지니는 화려한 기교 때문에 피아노, 바이올린, 첼로 또
는 그 밖의 관악기 독주곡으로 편곡되어 많이 연주되고 심지어 영화나 게임에서도 많
이 이용되고 있습니다. 집중력이 떨어질 때 듣는 추천음악이기도 한 '왕벌의 비행'인
데요, 피아노 버전을 연주하는 유자 왕은 도대체 손가락이 보이질 않네요.

**Rimsky-korsakov, 'Flight of Bumblebee' from Opera <The Tale of Tsar Saltan>
- Yuja Wang**

▶ 코르사코프, '왕벌의 비행' (바이올린 버전)

 '왕벌의 비행' 바이올린 버전은 왕벌의 소리에 더욱 가깝게 연주됩니다.
지휘봉 대신 파리채를 잡은 지휘자의 연기도 재미있네요.

**Rimsky-korsakov, 'Flight of Bumblebee' from Opera <The Tale of
Tsar Saltan> - Katica Illényi**

190

▶ 엘가 '위풍당당 행진곡' No.1

 에드워드7세의 대관식 음악으로 위촉된 이 곡은 "영국 제2의 국가"로 사랑받는 곡인데요, 영국 사람들은 이 곡을 "희망과 영광의 나라"라는 애칭으로 부르고 있습니다.

유럽 왕실의 우아함과 가슴 벅찬 희망을 들어보고 싶다면 이 음악을 '강추'합니다.

Edward Elgar, Pomp and Circumstance March No.1 'Land of Hope and Glory' (Last Night of the Proms 2012)

▶ 글린카, 〈루슬란과 루드밀라〉 서곡

 라흐마니노프가 수상한 '글린카 상'의 그 글린카와 러시아의 대문호 푸시킨의 대서사시가 만나 이뤄진 오페라 〈루슬란과 루드밀라〉의 서곡.
끝없는 설원을 말 달리는 듯한 강렬함과 러시아라는 나라의 신비함과
우아함 등이 마음 후련하게 담겨있는 명작입니다.

Mikhail Ivanovich Glinka, Russlan And Ludmilla (Overture) - Orchestra Of Mariinsky Theatre

제5악장

행복

그리고 내게 행복을 주는 음악들

내 인생의
　배경음악을
깔아준다면…

빈틈

소크라테스의 제자요 아리스토텔레스의 스승인 플라톤은 서양철학의 아버지라 불립니다. 이런 플라톤이 자신의 '행복론'을 통해 행복한 사람을 다음과 같이 정의하고 있습니다.

자신이 남들보다 조금 덜 가졌다고 생각하는 사람.
자신이 남들보다 조금 못 생겼다고 생각하는 사람.
자신의 명예를 남들이 절반 정도만 알아준다고 생각하는 사람.
한사람에게 이기고 두 사람에게 지는 정도의 체력을 가진 사람.
자신의 연설에 절반쯤의 청중이 박수치지 않을 정도의 말솜씨를 가진 사람.

대체 무슨 얘기일까요?

그렇습니다. 이 철학자는 미래의 세대에게 이런 얘기를 전하고 있는 겁니다.

세상에서 가장 행복한사람? 그건 바로 너야! ♣

차이코프스키, '감상적인 왈츠' No.6
나를 위한 추천음악 [61]

행운과 행복

네잎클로버의 꽃말은 '행운'입니다. 그래서 세상의 많은 사람들은 잔디밭에만 가면 습관처럼 수많은 클로버들 속에 혹시 네잎클로버가 있을까 뒤져봅니다. 지천에 깔려 흔하디흔한 세잎클로버들을 짓밟아 가면서 말이죠.

하지만 우리가 무심코 밟아버리는 세잎클로버의 꽃말이 '행복'인 걸 아시나요?

간혹 있을 네잎클로버보다 수많은 세잎클로버가 더 소중할지도 모릅니다. ♣

멜론에서 듣기

차이코프스키, 〈호두까기 인형〉 중 '꽃의 왈츠'

나를 위한 추천음악 [62]

197

곰돌이 푸

1977년, 그러니까 지금으로부터 40여 년 전 월트디즈니 프로덕션에서 어린이들을 위해 제작한 명작 애니메이션 〈곰돌이 푸〉에 등장하는 명대사 한 구절이 앞만 보고 달려가는 것만이 최선인 줄 아는 세상의 많은 어른들에게 깨달음을 주고 있죠.

매일 행복하진 않지만, 행복한 일은 매일 있어. ♣

멜론에서 듣기

쇼팽, '화려한 대 왈츠'
나를 위한 추천음악 [63]

▶ 쇼팽, '신데렐라 변주곡'

 힘든 일이 있다면 꿋꿋이 일어설 수 있도록 자존감 회복이 필요합니다. 동화 속 주인공으로 '자존감 갑' 하면 떠오르는 인물은 바로 신데렐라입니다. 세상 어떤 일이 있어도 절대로 굴하지 않는 멘탈 갑 오브 갑이지요. 롯시니의 오페라 〈신데렐라〉에 나오는 아리아 '이제는 슬프지 않아'는 바로 그런 이야기를 들려주고 있습니다. 열여섯 살, 그러니까 중3 나이의 쇼팽은 이 노래를 플루트와 피아노가 연주할 수 있도록 편곡했습니다. '신데렐라 변주곡'이라는 별명으로 널리 알려진 쇼팽의 플룻과 피아노를 위한 로시니 주제에 의한 변주곡입니다.

Fryderyk Franciszek Chopin, Variations on a Theme by Rossini

▶ 크라이슬러, '아름다운 로즈마린'

 기분이 좋아지고, 상쾌한 느낌을 주며, 기억력까지 높여주는 음악이 있다? 크라이슬러의 바이올린 소품들은 그야말로 기능성 음악인가 봅니다. 사랑을 상징하는 로즈마린 꽃은 귀여운 여성의 애칭이기도 하죠. 비엔나 풍의 달달한 3박자 왈츠 곡 크라이슬러의 '아름다운 로즈마린'을 들어 보시죠.

Fritz Kreisler, Schön Rosmarin for Violin and Piano

비교 1

사람들은 자신이 남과 같지 않은 것을 참지 못합니다.

"왜 우리 애는 남의 집 애들같이 공부를 못할까?"

"왜 우리 남편은 장동건이 아닐까?"

"왜 나는 남들 다 있는 루이뷔통 가방 하나 없을까?"

그리고 사람들은 남이 자신과 같지 않은 것도 못 참죠.

"저 집 애는 공부가 왜 저모양이야?"

"저 집 남편은 왜 저리 찌질하대?"

"저 집 여자는 그 흔한 루이뷔통 하나 없나봐. 짝퉁이라도 하나 하지."

그걸 왜 남이 걱정해 줄까요?

그 소리를 들은 저 집 여자는 또 다시 자신이 남과 같지 않은 것이 참을 수 없습니다.

그래서 "왜 우리 애는 이 모양이야!" 합니다.

남과 비교되는 나, 남에게 보여지는 나. 나에 대한 타인의 만족이 내 행복의 기준이 되어버린 끝없는 불만의 반복 속에서 과연 진짜 나는 어디 있을까요? ♣

멜론에서 듣기

오 솔레 미오 – 마리아 란자
나를 위한 추천음악 [64]

비교 2

세계 철학의 발상지라 부르는 고대 그리스에서 철학적 화두는 언제나 우주의 원리였습니다.

그러던 어느 날 그 우주로부터 혜성과 같이 등장해서 "세상에서 가장 위대한 존재는 인간이요, 그들 각각의 영혼이야말로 진정 소중하고 아름다운 것이다. 인간은 스스로 자신과 자기 영혼의 소중함을 알아야 한다"고 설파한 이가 있었으니, 바로 철학의 아버지라 불리는 소크라테스Socrates입니다.

금붕어처럼 튀어나온 두 눈과 찌부러진 사자코를 가진 소크라테스의 추한 인상은 오늘날 압구정동 성형외과 원장님들의 가슴을 뛰게 할 정도였는데요, 하루는 소크라테스 선생이 먼 곳에 사는 친구를 방문했습니다.

선생이 도착했다는 소리를 들은 친구는 반갑게 뛰어나와 맞았습니다. 그런데 소 선생을 본 친구는 이내 정색을 하며 말합니다.

"아니, 자네 그 남루한 옷은 대체 뭔가!"

하지만 친구의 질책에 소 선생 환하게 웃으며 대답합니다.

"이 동네 사람들은 모두 나를 모르니 괜찮네."

친구와 하루를 즐긴 소 선생은 "내일은 자네가 우리 집에 한번 오게" 하고 돌아갑니다.

다음날, 친구가 선생의 집에 놀러와 보니 이 양반 옷차림이 어제 그대로지 뭡니까?

"아니, 자네 그 남루한 옷은 대체 뭔가!"

그러자 소 선생 다시 환하게 웃으며 대답합니다.

"이 동네 사람들은 모두 나를 잘 아니 괜찮네."

사람들은 모두 같아질 수 없을 뿐더러 모두 같을 필요도 없습니다. 모두 공부를 잘 할 수도, 모두 장동건이 될 수도, 모두 루이뷔통을 들고 다닐 수도 없죠. 나는 그냥 나니까요. ♣

멜론에서 듣기

라흐마니노프, 파가니니 주제에 의한 랩소디 Op.43 variation 18

나를 위한 추천음악 [65]

욕심 1

세계적인 호텔 체인을 소유하고 있는 유명한 CEO가 있었습니다. 그가 어느 날 아침 자기 호텔을 둘러보던 중 누군가 주방에서 이렇게 기도하는 소리를 들었습니다.

> "하나님, 200달러가 없어서 이런 일을 당하다니 정말 힘 드 네요. 제발 도와주세요, 하나님."

간절히 울며 기도하는 소리를 들은 CEO는 안타까운 마음에 주방으로 들어가 그의 손을 잡아주고 힘내라며 200달러를 손에 쥐어주고 나왔죠.

그리고 그가 얼마나 기뻐할지 뿌듯한 생각에 숨어서 주방을 엿보았습니다.

하지만 그는 깜짝 놀랄 수밖에 없었습니다. 조금 전까지 그토록 간절히 기도하던 사람은 CEO가 나가자마자 하늘을 향해 이렇게 투덜거리는 것이었습니다.

"아니, 하나님도 너무하시지, 회장님이 기도를 듣게 하시려거든 내가 2천 달러라고 기도하게 했어야지 고작 200달러가 뭡니까?"

미국의 어느 유명 코미디언이 자신이 진행하는 쇼에서 한 조크가 생각납니다.

> 천지만물을 다 만들고 그 위에 풍요와 복을 가득 채워 세상을 완성하신 부자 하나님이 왜 아담과 하와에게 옷을 만들어주지 않으셨을까요?
> 이유인즉슨 옷을 만들어주면 주머니를 만들어달라고 칭얼댈 것이고, 주머니를 만들어주면 거기에 돈을 채워달라고 칭얼댈 것이기 때문이에요. ♣

멜론에서 듣기

뮤지컬 〈노트르담 드 파리〉 중 '대성당의 시대'

나를 위한 추천음악 [66]

욕심 2

어린아이가 한 유명 제과점에 그 집의 명물인 과자를 사러 왔다가 지갑을 깜빡 잊고 온 걸 깨달았습니다. 결국 아이는 들고 있던 바이올린을 주인에게 맡겨두고 집에 다녀와야 했죠.

그런데 뒤에 들어온 노신사가 과자를 고르다가 바이올린을 발견합니다. 신사는 그것이 대단한 명품 바이올린인 것을 한눈에 알아보고 자신이 사겠다며 선뜻 10만 달러를 제시했습니다.

제과점 주인은 바이올린 주인이 따로 있으니 곤란하다고 말합니다. 이에 노신사는 다시 생각해 보라며 저녁에 들르겠다 말하고 돌아가죠.

가만히 바이올린을 바라보다 은근히 욕심이 생긴 주인은 가게로 온 아이에게 그것을 팔길 권합니다. 하지만 아이는 집안 대대로 전하는 귀중한 물건이라며 안 된다고 잘라 말하죠. 주인은 아이의 손에 억지로 천 달러를 쥐여주며 거의 빼앗다시피 거래를 끝내고 아이를 보냅니다. 노신사가 다시 오면 10만 달러에 팔 생각을 하면서 말입니다.

하지만 시간이 지나도 노신사는 오지 않았습니다.

왜냐하면 아이와 노신사는 한패였거든요.

아이와 노인, 제과점 주인은 혹시 내 마음속에서 지금 방영되고 있는 '욕심'이라는 드라마의 등장인물들이 아닐까요? ♣

멜론에서 듣기

헨델의 〈메시아〉 중 합창곡 '할렐루야'

나를 위한 추천음악 [67]

욕심 3

미국 뉴욕의 맨해튼 한가운데 뉴욕타임스 광장을 중심으로 극장들이 늘어서 있습니다. 세계인들은 이곳을 브로드웨이라 부르며 화려한 뮤지컬, 연극 또는 버라이어티 쇼를 보기 위해 찾아옵니다. 마치 세계문화의 성지를 순례하듯 말입니다.

뉴욕에 신혼집을 장만한 이 새내기 커플도 브로드웨이의 열렬한 팬이라는 자부심을 가지고 있었습니다. 하지만 비싼 티켓 값 때문에 실제로 공연을 보는 건 희망사항일 뿐 그렇게 될 날을 학수고대하며 살고 있었습니다.

그러던 어느 날 이들에게 배달된 우편물에는 그렇게 간절히 보고 싶어 했던 공연 티켓과 함께 짧은 편지가 들어 있었습니다.

당신들의 빛나는 추억을 위해⋯

짧은 내용 뿐 발신인의 정보조차 없었지만 젊은 부부는 누군가 자신들의 간절한 소원을 응원해주기 위해 보내준 것이라 생각하며 감사한 마음으로 즐겁게 공연을 감상했죠.

한데, 세계문화의 중심지 브로드웨이에서 빛나는 추억을 만들고 돌아와 보니 그 시간에 집에는 도둑이 들어 없는 살림까지 몽땅 털어가 버렸지 뭡니까?

공짜 티켓은 바로 절도범 일당의 트릭이었던 것입니다.

세상에 대가 없는 소득은 없답니다. ♣

멜론에서 듣기

하이든 현악4중주 62번 2악장 No.76-3 '황제'
나를 위한 추천음악 [68]

▶ 요한 슈트라우스 2세, '봄의 소리 왈츠'

200년 전 오스트리아에는 대를 이은 춤바람으로 온 유럽을 들썩이게 만든 집안이 있습니다. 바로 작곡가 요한 슈트라우스1세와 아들인 요한 슈트라우스 2세 그리고 그의 동생 요제프 슈트라우스입니다. 특히 "왈츠의 왕" 슈트라우스 2세는 400여 곡의 왈츠의 명곡들을 만들었지요.

각 왕실들에서 열광적인 반응이 이어지고 심지어 왈츠 장려정책까지 나오는가하면, 일부에서는 춤이 빨라 심장에 안 좋고 남녀가 꼭 껴안고 있어 도덕적 문제가 있으니 이 음악을 금지시켜야 한다는 주장이 등장하기도 했습니다. 정말 금지곡의 이유도 가지가지입니다. 대체 어떻길래 금지곡 얘기까지 나왔는지 한 곡 들어 보실까요? 요한 슈트라우스 2세의 '봄의 소리 왈츠'입니다.

Johann Strauss Jr, Voices Of Spring - André Rieu

▶ 발트토이펠, '스케이팅 왈츠'

이 일로 유럽에서는 나라마다 왈츠 경쟁이 시작되었습니다. 프랑스 궁정의 음악 교사였던 발트토이펠은 300여곡의 왈츠를 만들었는데요, 그 곡들이 인기를 얻으면서 그는 프랑스의 슈트라우스로 불리게 되었습니다. 그리고 나폴레옹이 그에게 무도회에 사용할 왈츠를 만들도록 명했는데, 그렇게 만든 작품이 바로 '스케이팅 왈츠'입니다. 겨울 호수 위에서 신나게 스케이트를 타는 사람들의 모습을 그린 이 상쾌한 왈츠는 현대에 와서는 컴퓨터 게임 음악으로도 사용되었습니다.

Emil Waldteufel, The Skaters Waltz - André Rieu

▶ 구노, '파우스트 왈츠'

 그리고 왈츠는 당연히 종합예술인 오페라 속에도 등장하게 되었습니다. 오페라 속 수많은 왈츠들 중 유난히 우리나라에서 인기 있지만 실제로는 그 곡이 어디 나오는지 가장 헷갈려하는 곡이 구노의 오페라 파우스트에 나오는 곡인데요. 모두들 "왜, 그거 있잖아."라고 설명하다가 음악을 들려주면 "아, 그래 이거." 하는 곡! '파우스트 왈츠'를 소개합니다.

Charles Gounod, Faust Walzer aus der Oper Margarethe

▶ 쇼팽, '화려한 대 왈츠'

 이쯤 되자 피아노의 시인 쇼팽도 가만히 있지 않았습니다. "도대체 빈의 왈츠는 이해할 수 가 없네."라며 자신만의 음색으로 가득한 수많은 왈츠들을 선보였죠. 쇼팽의 '화려한 대 왈츠'입니다.

Fryderyk Franciszek Chopin, Grande Valse Brillante Op. 18 - Valentina Lisitsa

아이스크림 튀김

서울에 있는 특급호텔의 요리사인 한 친구가 튀김요리를 잘 하면 아이스크림까지도 튀길 수 있다고 하더군요.

그 비밀은 튀김옷에 있다고 합니다. 반죽이 내용물을 코팅하듯 완전히 덮으면 기름 속에서 폭발해 버린다고 해요. 그래서 튀김옷에 적당한 구멍이 있어야 기름 속에서 숨을 쉬고, 겉은 바삭, 안은 시원한 아이스크림 튀김이 된다고 합니다.

사람이나 튀김옷이나 너무 완벽하기보다는 적당히 빈틈이 있어야 행복하고 좋은 것인가 봅니다. ♣

멜론에서 듣기

슈베르트, 피아노 5중주 '송어' 4악장

나를 위한 추천음악 [69]

▶ 차이코프스키, '감상적인 왈츠' Op.51 No.6

 오스트리아에서 시작된 왈츠의 세계를 러시아에서 꽃 피우게 한 음악가, 우수에 찬 러시아 감성을 대표하는 왈츠의 대가는 단연 차이코프스키, 한국식이름 "최갑석!" 요한 슈트라우스의 러시아 순회연주 이후 열광적인 팬들의 반응을 러시아 정서를 가득담은 슬라브 왈츠로 완성한 "러시아 왈츠의 왕"입니다. 그의 작품 중 '피아노를 위한 여섯 개의 소품'은 우아한 애절함을 이야기할 때 빠지지 않는 곡이죠. 워낙 대중의 사랑을 받아 다른 악기로 한 편곡이 더 인기를 끌기도 하죠. 현의 울림이 더욱 애절한 첼로 버전으로 듣는 차이코프스키의 '감상적인 왈츠' Op.51-6입니다.

Piotr Ilyitch Tchaikovsky, Valse Sentimentale, Op.51, No. 6, for Cello & Piano

▶ 쇼스타코비치, 재즈 모음곡 중 왈츠 No.2

 러시아 왈츠의 중흥을 이어받은 작곡가는 쇼스타코비치입니다. 이분은 아예 러시아 왈츠의 전통에 재즈를 접목시켜 새로운 장르를 만들어 버렸는데요, 대중들의 폭발적인 반응을 영화음악 속의 작품으로 알 수 있습니다. 스탠리 큐브릭 감독의 〈아이즈 와이드 셧〉, 한국 영화 〈번지점프를 하다〉 그리고 〈올드보이〉에 삽입되면서 유명세를 더하더니 CF 배경음악으로까지 쓰이게 되었죠. 쇼스타코비치 재즈 모음곡 중 왈츠 No.2입니다.

Dmitri Shostakovich - Waltz No. 2

합심

어느 초등학교 시험 문제.

"사공이 많으면 배가 산으로 간다."란 무슨 뜻일까요?

초딩들의 기막힌 답안지.

사람이 마음먹고 힘을 합치면 안 되는 일이 없다는 뜻.

웃고 있나요?
하지만 나는 이 답에 점수를 주고 싶습니다. ♣

▶ 모차르트, 피아노변주곡 k265

 '반짝반짝 작은 별'로 잘 알려진 이 곡은 모차르트가 만든 12개의 변주곡으로 원제목은 〈아, 어머니께 말씀 드리죠〉라는 교육용 소품입니다. 한 번 듣기 시작하면 왠지 끝까지 듣게 되고 끝까지 듣고 나면 왠지 기분 좋아지는, 이건 뭐지?

Mozart: Variations on "Ah vous dirai-je, Maman," K. 265/300e

 멜론에서 듣기

쇼팽, 플루트와 피아노를 위한 로시니 주제에 의한 '신데렐라 변주곡'
나를 위한 추천음악 [70]

망각

우리가 자주 쓰는 '철천지 웬수'라는 말이 있습니다. 한자로는 철천지원徹地之冤, "하늘에 사무치도록 크나큰 원한"이라는 뜻입니다. 원한이란 것이 시간이 지나면 다 잊어진다는 걸 잘 알면서도 사람들은 지금 열 받은 것을 당장 결판내려고 합니다.

미국의 어느 한인교회에 멋진 피아노를 들여왔습니다. 새 피아노! 얼마나 설레는 일인가요? 그런데 문제가 좀 있었습니다. 놓을 자리가 마땅치 않아 의견이 분분해진 것이죠.

가장 유력한 의견은 넓은 강단 한쪽에 피아노를 놓자는 것이었고, 이에 대한 반대 의견도 만만치 않았으니 어디 신성한 강단 위에 피아노를 함부로 올리느냐는 의견이었습니다.

올리자는 장로님과 안 된다는 장로님의 샅바싸움이 장기전으로 돌입합니다. 집사들의 의견이 반으로 나뉘어 거들기 시작하고, 교우들도 반으로 나뉘어 편 들면서 결국 큰 싸움으로 번집니다.

마침내 교회는 둘로 쪼개지고 두 장로님은 말 그대로 철천지 원수가 되었습니다.

하지만 두 분 모두 교회를 사랑하는 마음으로 하신 일이니 누구를 탓할 수 있겠습니까? 그렇게 시간이 흘러 꼬부랑 노인이 된 두 분은 자식들이 마련해준 화해의 자리에서 마주하게 됩니다.

　　"잘 지냈누?…"

서먹한 인사에 저쪽 장로님이 대답합니다.

　　"자네두 많이 늙었구먼…"

　　"그땐 내가 미안했어…"

　　"아니야, 내가 너무했지…"

그리곤 다시 아무 말 없이 멀뚱멀뚱 하늘만 보던 두 노인.

긴 침묵을 깨고 다시 한 분이 말을 꺼냅니다.

　　"가만, 그런데 그때 말이야… 강단에 피아노를 올리자던 게
　　나였던가?"

　　"아닐걸. 그게 나 아니었어?"

황당한 대화에 두 노인은 서로 헛웃음 치며 얼굴을 마주보죠.

　　"허허… 이런, 누가 뭐라 그랬는지도 가물가물하네, 참내…"

그러고 보면 세상일에 죽여라 살려라 할 만큼 중요한 건 없는 것 같습니다.

한 번 더 생각하고 이해하려면 못할 것도 없는데 말이죠. ♣

축구공

전 세계 스포츠 팬들을 열광시키는 경기는 단연 축구입니다.

아르헨티나 출신의 국보급 선수인 카를로 테베스의 몸값이 1초에 1천5백 원, 하루에 1억3천만 원, 연봉으로는 무려 480억 원이라고 하죠?

그럼 이제 장난기를 좀 발휘해서, 이 축구경기를 가장 손쉽게 방해할 수 있는 방법을 생각해 볼까요? 경기장에 뛰어 들어가 난동을 부리는 장면도 TV에 가끔 나옵니다만 그렇게 쉽지는 않을 것 같습니다. 혹시 이런 방법 어떨까요? 관중석에 앉아 있다가 한참 경기가 진행되면 축구공 한 대여섯 개를 경기장에 던져 넣는 겁니다. 그러면 선수들이 어떤 공이 진짜 공인지 몰라서 우왕좌왕하게 될 것이구요. 관중석에서는 하던 응원을 멈추고 이 공이 진짜다, 저 공이 진짜다, 집어치워라, 우우… 병이 날아들구요. 심판은 당황하고 선수들끼리 싸움이 벌어지고… 정말 재미있을 것 같지 않나요? 아마도 손쉽게 경기를 방해하는 가장 좋은 방법이라고 생각됩니다만.

그런데 이 광경이 우리의 마음속에서 이미 일어나고 있는 일이라면 당신은 무슨 말을 하실 건가요? 인생이라는 경기장에서 열심히 땀 흘리며 경기를 뛴다곤 하지만, 정작 진짜 공이 어떤 것인지 몰라서 헛된 공을 좇아가는 우리의 모습! 진정한 꿈이 무엇인지, 진정한 길이 무엇인지, 어디를 향해 가고 있는지도 모르고 헛발질 하고 있는 당신을 발견하고 있지는 않은가요? ♣

 멜론에서 듣기

쇼스타코비치, 재즈 모음곡 중 왈츠 No.2
나를 위한 추천음악 [72]

습관 1

나는 세상의 모든 성공한 사람들의 하인입니다.

또한

나는 세상의 모든 실패한 사람들의 하인입니다.

⋮

⋮

나는 습관입니다. ♣

멜론에서 듣기

엔니오 모리코네, 영화 〈대부〉 O.S.T.
나를 위한 추천음악 [73]

습관 2

콜로라도 국립공원이 자랑하는 높이 80미터, 둘레 20미터의 거대한 나무가 어느 날 쓰러졌습니다.

학자들은 그 나무가 적어도 4백 년 이상 거기에 서 있었다고 하며 안타까워했죠.

콜럼버스가 신대륙의 탐험을 시작했을 때 그 나무는 작은 묘목이었을 겁니다.

청교도들이 미 대륙에 정착했을 때 그 나무는 30미터 쯤 자랐을 것입니다.

학자들은 그 나무가 수백 년의 긴 세월 동안 서른 번 이상 벼락을 맞은 흔적들과 헤아릴 수 없는 눈사태와 폭풍우를 이겨낸 상처들을 찾아냈죠.

그리고 이 거대하고 강인한 고목이 손가락으로 가볍게 눌러 잡을 수 있는 작은 딱정벌레의 공격을 받아서 쓰러졌다는 놀라운 사실도 알아냈습니다.

벌레들이 나무의 속을 조금씩 파먹어 들어가다 보니 오랜 세월 큰 시련 속에서 굳건하던 이 나무도 한순간 쓰러지고 만 것입니다.

겉으로는 아무리 강함과 견고함을 자랑해도 게으름과 나태함이라는 작은 것의 공격으로 파괴되는 것, 바로 습관의 힘입니다. ♣

멜론에서 듣기

슈베르트, 연가곡 〈아름다운 물방앗간의 아가씨〉 중 3번 '정지'
나를 위한 추천음악 [74]

습관 3

서커스에서 재주를 넘는 코끼리는 하루 종일 쇠사슬에 묶여 온순하게 자기 차례를 기다립니다.

그 쇠사슬을 고정시킨 조그만 말뚝은 코끼리의 거대한 힘으로 뽑으려 한다면 이쑤시개보다도 쉽게 뽑을 수 있는 시시한 장치이지만 코끼리들은 그 쇠사슬과 말뚝에 묶여 늘 제자리에 있죠.

힘없던 어린 코끼리 시절 몇 번 시도해 봐도 뽑히지 않던 말뚝!

코끼리는 어른이 되어서도 이렇게 생각합니다.

"이건 뽑을 수 없는 거야. 아니 뽑으면 안 되는 거야."

상상할 수 없을 만큼 어마어마한 힘을 가진 코끼리!

그 큰 코끼리보다 더 큰 힘을 가진 습관!

습관이란 참 재미있고도 무섭습니다. ♣

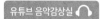

▶ 라흐마니노프, 교향곡 2번 3악장

우리가 너무나 사랑하는 라흐마니노프!

그가 야심차게 발표한 교향곡 1번이 무참히 실패하자 깊은 우울감 속에 빠지게 되고 나중에는 우울증에 걸려 정신과 치료를 받는 지경에 이릅니다. 길고 어두운 시간이 지나 건강을 회복한 그는 2번 교향곡으로 재기하게 되었고, 결과는 그야말로 대박이었죠.

그 작품은 세계적 명곡으로 인정받았고, 덕분에 그는 인생에서 2번째로 글린카 상도 수상하게 되었습니다. 특히 3악장을 듣고 있으면 그가 겪었던 어려움과 그것으로부터 회복하는 시간 속에서 경험한 치유와 감동을 우리에게 전해주는 듯합니다.

Sergei Rachmaninoff, Symphony No.2 Op.27, 3rd Movement

멜론에서 듣기

슈만, 연가곡 〈시인의 사랑〉 중 48-1 '아름다운 5월에'

나를 위한 추천음악 [75]

습관 4

세쿼이아는 지구상에 존재하는 가장 큰 나무 종입니다. 미국의 캘리포니아에는 이 세쿼이아 나무가 수천 그루나 들어선 공원이 있는데, 그 공원의 이름도 세쿼이아 국립공원입니다. 이 공원의 세쿼이아 나무 중에는 높이가 무려 100미터에 둘레가 35미터, 나이가 3천 년에 이르는 것들도 많다고 합니다.

어른 여러 명이 손을 잡아야 둘레를 연결할 수 있고, 쓰러진 고목에 터널을 뚫어서 차가 다닐 수 있는 엄청난 크기를 자랑하는 세쿼이아. 하지만 이토록 큰 나무의 씨앗 무게가 0.01그램도 되지 않는다고 하지요.

지금의 작은 습관이 훗날의 우리의 모습을 만듭니다. ♣

▶ 모차르트, '기뻐하라, 춤추어라, 알렐루야'

 열일곱 살 천재 소년 모차르트가 미사를 위해 즉흥적으로 만들었다는 작품으로, 이름하여 '기뻐하라, 춤추어라, 알렐루야'. 2곡의 아리아와 레치타티보에 이은 알렐루야로 마무리되는 15분 정도의 명곡입니다. 그중 끝곡인 알렐루야는 교인이든 아니든 상관없이 좋아하고 흥얼대는 곡인데요. 천상의 기교를 자랑하는 메조소프라노 체칠리아 바르톨리의 음성으로 들어 보시죠.

W. A. Mozart, Exsultate Jubilate Alleluja - Cecilia Bartoli

 멜론에서 듣기

빌 더글라스, 'Deep peace'
나를 위한 추천음악 [76]

습관 5

'코이의 법칙'이라는 것이 있습니다. 잉어의 한 종류인 코이라는 관상어는 작은 어항에서 기르면 5~8센티미터밖에 자라지 않지만, 연못에서 기르면 20~25센티미터로 크게 자라고, 이 녀석을 강에 방류하면 최대 120센티미터까지 자란다는군요.

같은 물고기라도 어항에서는 피라미로, 강물에서는 대어로 자란다는 것이 바로 '코이의 법칙'입니다.

사람도 자신의 환경에 따라 그 꿈의 크기를 다르게 할 수 있다고 합니다.

사람이 스스로 선택할 수 있는 마음의 환경, 그것이 바로 습관입니다. ♣

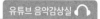

▶ 비발디, 오페라 〈그리셀다〉 중 '두 줄기 폭풍이 몰아쳐 온다'

 체칠리아 바르톨리의 음성을 들으신 김에 이 가수의 초절 기교의 끝은 어디까지인지를 생각하지 않을 수 없으니 앵콜로 한 곡 더 들어보죠. 비발디 오페라 〈그리셀다〉에 나오는 아리아 '두 줄기 폭풍이 몰아쳐 온다' 는 시련을 이겨내는 여주인공의 이야기인데요. 5분이 순간적으로 지나가는 이 연주는 "과연 바르톨리!"라는 감탄을 자아내게 합니다. 흔히들 음성이 좋은 사람을 일컬어 꾀꼬리 같다고 하죠? 꾀꼬리가 따로 없네요.

Antonio Vivaldi, Agitata da due venti - Cecilia Bartoli

 멜론에서 듣기

뮤지컬 캣츠 중 'Memory' – 바브라 스트라이샌드
나를 위한 추천음악 [77]

습관 6

루이저 로스차일드 박사는 평생동안 벼룩만 연구한 특별한 학자입니다. 그래서 '벼룩여왕'이라는 별명으로도 유명하죠.

그녀의 실험 중에 아주 흥미로운 것이 하나 있습니다.

벼룩을 탁자에 놓고 손바닥으로 세게 두드렸더니 자그마치 30센티미터 이상 튀어 올랐다고 합니다. 벼룩의 평균 크기가 3밀리미터 정도라는 것을 감안하면 자기 몸집보다 약 백배 이상의 높이를 뛰어오르는 것이죠.

다음 실험에서는 20센티미터 높이의 실험용 용기 안에 벼룩을 넣고 유리뚜껑을 덮었습니다. 그랬더니 처음엔 유리에 "탁탁" 부딪히도록 튀어 오르다가 이내 유리 바로 아래 높이까지만 뛰더랍니다. 머리가 부딪혀 아팠던 모양입니다. 그 뒤론 뚜껑을 열어도 실험용 용기를 뛰어넘지 않았죠.

세 번째 실험에서는 실험용 용기에 벼룩을 넣고 용기 바닥을 램프로

가열해 보았습니다. 그랬더니 벼룩들이 가지고 있던 초능력을 발휘
하기 시작했습니다. 무려 50센티미터 이상을 튀어 올랐으니까요.

자신의 능력을 발전시키지 않고 적당히 타협하려는 마음… 그것을
우리는 습관이라고 합니다. ♣

멜론에서 듣기

라벨, '볼레로'
나를 위한 추천음악 [78]

나의 모습은?

인간과 침팬지는 그 유전자의 98퍼센트가 일치한다고 합니다.
단지 2퍼센트의 유전자의 차이가 인간과 침팬지로 나눈다고 하는데, 나의 모습은 어느 쪽인가요?

연탄과 다이아몬드는 그 구성요소가 완전히 똑같다고 합니다.
다만 땅속에 좀 더 있으면 다이아몬드의 모습으로, 조금 일찍 나오면 연탄의 모습으로 세상에 등장하는 것입니다.
나의 모습은 어느 쪽인가요? ♣

 멜론에서 듣기

뮤지컬 〈오페라의 유령〉 중 'Think of me'
나를 위한 추천음악 [79]

▶ 앤더슨, '타이프라이터'

 타자기가 연주를 한다! 컴퓨터 키보드를 넘어 이제는 아예 화면을 두드리는 시대…. 하지만 불과 몇 년 전까지만 해도 모든 사무실에는 재래식 타자기가 있었습니다. 그것을 소재로 만든 협주곡이 있으니 바로 미국의 작곡가 리로이 앤더슨이 1950년 발표한 '타이프라이터'입니다. 듣는 내내 입가에 미소를 지을 수밖에 없는 이 작품을 타자기 연주자의 능청맞은 연기와 함께 감상해 보세요. 아, 그리고 혹시 어린이들과 함께 보시는 분들은 저 기계가 무엇인지 설명을 해줘야 할지도 모르겠군요.

Leroy Anderson, The typewriter

▶ 모차르트, '터키행진곡'

 중국이 낳은 세계 문화유산 급 여류 피아니스트 유자 왕. 31세의 젊은 나이가 믿기지 않는 깊은 예술성과 자그마한 손으로 빚어내는 현란한 초고난도 테크닉, 그리고 앳된 얼굴과 아담한 체구에서 발산하는 메가톤급 에너지는 연주 내내 정신을 집중시키는 마법을 발휘합니다. 그녀가 연주하는 모차르트의 '터키행진곡', 약간 재즈의 색을 입혔네요.

W. A. Mozart, Turkish March - Yuja Wang

건망증

어느 건망증 심한 신사가 택시를 탔습니다. 그리곤 "불광동으로 갑시다."라고 했습니다.

한참을 달려 목적지에 거의 도착했을 때 불광동으로 간다는 걸 깜박 잊어버린 건망증 신사가 "어라, 당신 어디가는거야?" 하며 버럭 소리를 쳤죠.

그러자 이 기사양반 깜짝 놀라면서 외칩니다.

　　"어, 당신 언제 탔어?"

건망증 이야기 속의 두 사람, 혹시 매일 수많은 행복 속에 살면서 그것을 잊고 사는 우리의 모습은 아닐까요? ♣

▶ 슈베르트, '군대행진곡'

 슈베르트는 한 대의 피아노에 두 사람이 함께 앉아 연주하는 4개의 손을 위한 피아노곡들을 썼는데, 그중 작품 51-1번은 일명 '군대행진곡'으로 불리며 큰 사랑을 받고 있습니다. 친구와 함께 재미삼아 연주하기 위해서 만들었다고 전해지는 이 곡은 딱딱 맞아 떨어지는 박자와 신나는 리듬으로 기분 좋은 날을 위한 음악이라고 하죠. 세계적 거장 다니엘 바렌보임과 중국의 젊은 피아니스트 랑랑의 연주는 그야말로 국적과 세대를 초월한 화합의 복식조입니다.

Franz Schubert Marcha, Militar nº 1. Op. 51 - Lang Lang y Baremboin

▶ 드보르자크, 교향곡 9번 '신세계로부터' 4악장

 베토벤의 '운명' 교향곡, 차이코프스키의 '비창' 교향곡과 더불어 가장 유명한 교향곡으로 손꼽히는 '신세계 교향곡'. 그중에서도 4악장은 영화 〈죠스〉의 영향으로 더욱 유명하죠.

속이 뻥 뚫리는 시원함과 이어 나오는 섬세함 그리고 광적인 드라마틱함이 연출하는 일곱 빛깔의 매력을 한 악장으로 들어 보세요. 교황님도 감탄하신 구스타보 두다멜의 신세계를 소개합니다.

Antonín Dvořák, Symphony No.9 - 4th movement

 멜론에서 듣기

드뷔시, '달빛'
나를 위한 추천음악 [80]

제6악장

상상

그리고 내 상상력을 깨워주는 음악들

내 상상에
배경음악을
깔아준다면…

하루의 가치

1990년대 필자가 독일 유학을 할 시절, 한 지역신문에 낯익은 두 음악가의 사진이 함께 올라왔습니다. 한 사람은 세계적 오페라 가수인 플라시도 도밍고Placido Domingo였고 또 한 사람은 한국의 지휘자 정명훈이었습니다.

당연히 두 사람이 함께 하는 공연 소식이려니 하고 신문을 읽은 뒤로 필자는 두 사람을 보는 눈이 달라졌습니다.

먼저 도밍고에 대한 기사의 내용은 그가 무려 7개국 말을 할 줄 안다는 것이었습니다. 그것도 인사 몇 마디 정도가 아니라 꽤나 깊은 실력을 자랑한다는 것이었죠. 그 실력을 테스트하기 위해 도밍고가 알고 있다는 7개국 말을 각자의 모국어로 하는 기자들과 해당 언어로 인터뷰를 했다는 다소 황당하고 재미있는 기사였습니다.

다음은 정명훈에 대한 기사였습니다. 당시 지휘자 정명훈은 프랑스의 바스티유 오페라극장 초대 음악 총감독으로 지내고 있었습니다. 바스티유 오페라극장은 1989년 프랑스가 프랑스혁명 200주년을 기념하여 개관한 세계적인 오페라극장입니다.

여기에서 음악 총감독직을 맡는다는 것은 단순히 음악 지휘뿐만 아니라 그곳에 소속된 모든 단원들의 정신까지 아우르는 막중한 자리였고, 당연히 언어의 문제가 본인의 가장 큰 숙제였을 겁니다. 영어권에서 평생을 지낸 그의 프랑스어 정복 이야기는 당연히 많은 사람들에게 궁금한 일이기도 했습니다. 그는 인터뷰에서 이렇게 말합니다.

> 나의 하루는 매일 4시, 한 손에는 악보를 다른 한 손에는 프랑스어 사전을 들고 가슴에는 성경을 품고 시작합니다.

이렇게 그는 부임한지 6개월여 만에 완벽한 불어로 모든 단원과 대화할 수 있었다고 합니다.

이날 읽은 신문의 헤드라인은 〈사람은 누구나 하루에 24시간을 산다〉였습니다. ♣

멜론에서 듣기
모차르트, 즉흥 미사곡 '기뻐하라, 춤추어라, 알렐루야'
나를 위한 추천음악 [81]

일러하우스 교수님

필자에게 '독일 아버지'라 할 수 있는 스승 일러하우스 교수님은 미국의 레이건 대통령을 연상케 하는 훤칠하고 멋진 외모에 중저음의 명품 보이스, 언제나 잔잔한 미소와 유쾌한 유머를 지니신 분이었습니다.

어느 해인가, 연말에 있을 오페라 공연 준비로 모든 동료들의 피로와 스트레스가 극에 달해 있을 때였습니다. 독일, 러시아 등 유럽 각지와 미국, 한국, 심지어 아프리카 대륙에서 온 친구들까지, 세계 곳곳에서 모인 학생들이 공연을 준비하다 보니 생각과 문제 해결의 방법들이 너무 달랐던 겁니다. 싸움의 상처가 너무 깊어서 그해에는 오페라 공연을 올릴 수 없을 거라 모두들 생각하고 있었습니다.

일러하우스 교수님은 우리 모두를 한자리에 불러 모으셨습니다. 그리고 이런 이야기를 들려주셨죠.

깊은 정글에 사냥꾼들이 다녀간 자리에서 원숭이 한 마리가 시계를 하나 주웠어요. 영리한 원숭이들은 주운 물건을 가지고 놀다가 그게 시계인 걸 알았죠. 그리고 바늘이 여기 쯤 오면 바나나를 따러 가면 되고, 여기를 가리키면 잠을 자면 된다는 걸 알았지요. 마침내 자기들 세계에도 문명이 찾아왔다고 생각한 원숭이들은 기뻐했어요. 얼마 후 다른 원숭이가 또 하나의 시계를 주웠습니다. 그리고 이제는 보다 편리해진 생활을 하게 될 거라고 생각했지요. 그런데 이상하게 그 뒤부터 원숭이들은 자꾸만 싸우기 시작했습니다. 원인을 알고 보니 두 시계의 시간이 서로 달랐기 때문이에요. 한쪽에서는 바나나를 따러 가자 하고 다른 쪽에서는 그만 자자고 하며 의견 충돌이 생겼겠죠.

여러분, 이 시계는 목표입니다. 이제 여러분이 가진 시계의 시침과 분침 그리고 초침을 모두 똑같이 맞춰보세요.

이런 우화를 들려주며 교수님은 미소를 머금은 채 언성을 높이지도, 화를 내지도 않으셨습니다.

그리고 그해에도 오페라 공연은 성공리에 마무리되었죠.

자기주장이 확실해야 살아남는 세상. 카리스마와 리더십의 중요성이 어느 때보다 강조되는 세상입니다. 하지만 가끔은 공동의 목표에 정확히 집중하고 한 발씩 양보하며 조금씩 희생해야 할 때가 분명히 있습니다.

일러하우스 교수님이 그립네요. ♣

멜론에서 듣기

모차르트, 오페라 〈마술피리〉 중 아리아와 합창
나를 위한 추천음악 [82]

멘토

전쟁에 나가게 된 오디세우스, 싸움에는 누구보다 자신 있는 용맹스런 장수였지만, 그에게는 고민이 하나 있었습니다. 어린 아들을 데리고 갈 수 없다는 것이었습니다. 전쟁이 금방 끝날 거라 생각한 오디세우스는 친구에게 아들을 잠시 맡기고 길을 떠나죠. 그러나 이 전쟁에서 이기면 다음 적이 기다리고, 그 다음 전쟁에서 이기면 또 다음 적이 기다리고, 결국 그 전쟁은 10년의 전쟁으로 이어졌습니다. 바로 우리가 잘 아는 트로이 전쟁입니다.

장군으로서는 승승장구했지만 아버지로서는 한없이 약해질 수밖에 없는 힘든 원정이었습니다. 왜냐하면 그 옛날 남자들 사이의 약속은 법과 같아서 잠시 맡겨놓은 아이를 10년 동안 찾지 않으면 아이를 내다 버리든 노예로 팔아 버리든 모든 책임이 아비에게 있었으니까요.

그리고 10년 뒤! 개선한 장군 오디세우스는 연약한 아버지의 모습으로 친구를 찾아가 다급하게 묻습니다.

　"친구여, 혹시 내 아들 아직 데리고 있는가?"

그러자 친구가 대답합니다.

　"어서 오게 친구! 저 뒷마당에 가면 자네 아들을 볼 수 있을
　걸세."

뒷마당으로 달려간 오디세우스는 너무도 훌륭하게 자란 멋진 청
년을 만나게 됩니다. 오디세우스의 부탁을 받은 이 친구는 그의 아
들 텔레마코스를 때로는 선생으로서, 때로는 아버지로서 훌륭하게
성장시켰던 것입니다.

오디세우스의 아들을 맡아 키워준 친구의 이름이 바로 멘토였습니
다. 그래서 지금은 멘토라는 말이 사람의 이름이 아니라 '사람을 세
우는 자' 또는 '스승'의 뜻으로 사용되고 있죠. ♣

멜론에서 듣기

모차르트, 플루트와 하프를 위한 협주곡 k.299 2악장
나를 위한 추천음악 [83]

▶ Amazing Grace (일 디보)

 다국적 팀 이라는 말은 이럴 때 써야 제 맛이죠. 영국의 음악 그룹으로 스위스, 스페인, 미국, 프랑스 국적을 가진 4명의 남성 아티스트로 구성 되어 탁월한 음악성과 절묘한 음색을 자랑하며 감동과 힐링을 전하는 일 디보의 "어메이징 그레이스"입니다. 잔잔한 감동에서 시작해 폭발적인 힘으로 이 어지는 반전 에너지를 얻고 싶으시다면 이 곡을 들어 보세요.

Amazing Grace - Il Divo

▶ Amazing Grace (홈 프리)

 세계최고의 아카펠라 오디션 'The sing off' 우승팀으로, 2013년 이후 전 세계에 큰 사랑과 힐링을 전하고 있는 홈 프리의 '어메이징 그레이스' 또 한 색다른 전율과 감동을 선사합니다. 각 파트를 부르는 다른 목소리의 조화가 완벽을 이루는 가운데 특히 베이스를 부르는 팀 파우스트는 역대 어느 베이스 보다 강한 인상으로 세계 팬들로부터 우주 최강의 베이스라는 평을 받고 있답니다.

Amazing Grace - Peter Hollens feat. Home Free

▶ 로시니, 오페라 〈윌리엄 텔〉 서곡

 이들의 입으로는 못내는 소리가 없다! 코믹함 속에 숨어있는 고난도 테 크닉과 섬세한 음악성! 600년 전통의 킹스칼리지 출신 6명이 천상의 목 소리로 만드는 하모니를 들어 보세요. 한 명의 테너, 한 명의 베이스, 두 명의 바리톤 그리고 두 명의 카운터 테너라는 독특한 구성으로 50년 전 결성된 남성 아카펠라 킹스 싱어즈가 부르는 로시니의 오페라 〈윌리엄 텔〉 서곡입니다.

Gioacchino Antonio Rossini, Overture to <William Tell> - The King's Singers

명작을 만드는 방법

미켈란젤로! 인류의 문화유산급 인물이라는 걸 누구도 부정할 수 없죠.

그가 만든 다비드상은 받침대를 제외한 인물상의 크기만 해도 4미터가 넘는 대작입니다. 155센티미터의 단신이었던 미켈란젤로를 생각하면, 한눈에 들어오지도 않을 큰 돌을 어떻게 저리도 섬세하게 깎아 마법 같은 작품을 만들었을까 신기할 뿐입니다.

하지만 이 작품을 만들기 위해 먹고 마시는 것도 잊고, 작업실에서 작업복 그대로 쪽잠을 자가며, 특히 그 대리석 자체가 깨지기 쉬운 얇은 것이어서 극도의 긴장감속에 만들었다는 이야기는 그의 수고와 노력이 얼마나 컸을지 말해 줍니다.

작품이 완성된 후 당연히 많은 사람들의 감탄과 찬사가 이어졌는데요, 그중에서도 교황은 너무도 감동을 받아 자신도 모르게 이렇게 외쳤다고 하죠.

"오, 당신은 도대체 어떻게 이런 훌륭한 작품을 만들 수 있었
습니까?"

그러자 미켈란젤로는 빙긋 웃으며 대답했다고 합니다.

"교황님 그건 아주 간단합니다. 다비드와 관련 없는 건 그냥
다 깎아 버리면 됩니다."

우리의 인생도 하나의 거대한 조각 작품입니다.
그것을 명작으로 만드는 가장 좋은 방법은 내게 필요 없는 부분을
버릴 수 있는 지혜와 용기입니다. ♣

엘가, '사랑의 인사'
나를 위한 추천음악 [84]

만종

프랑스 농부를 가장 프랑스적으로 묘사한 사람! 농부 화가로도 알려진 프랑스의 화가 밀레Jean François Millet를 일컫는 말입니다.

노르망디의 시골마을에서 가난한 농부의 8남매 중 장남으로 태어나 지긋지긋한 가난 속에서 20대 초반에 그림을 시작한 그는 인간 내면의 아름다움을 표현하기 위해 인물화, 초상화에 관심을 보이다가 점차 목가적인 회화에서 아름다움의 원천을 찾으려 했죠.

하지만 가난은 늘 그를 힘들게 했고, 작품에 대한 평도 그리 좋지 않았습니다. 이런 중에 아내가 결핵으로 세상을 떠나는 최악의 불행까지 겪기도 합니다.

절망감 속에서 헤매던 그는 열심히 일하는 농부의 모습에서 인간이 지닌 진정한 아름다움을 발견하게 됩니다. 그리고 매일 들판으로 나가 자연 앞에서 성실하고 겸손하게 살아가는 사람들의 모습들을 화폭에 담았죠.

그러던 어느 날, 세상 사람들이 알아줄 만한 대부호가 찾아와 그에게 엄청난 제안을 합니다. 자신이 오래 사랑해 온 여인의 누드를 그려주면 모든 가난에서 벗어나게 해 줄 뿐만 아니라 프랑스 화단의 스타가 되도록 해주겠다고 말입니다.

하지만 밀레는 이렇게 정중히 제안을 거절했다고 합니다.

> "나는 인생의 아름다움을 찾아 많은 시간을 헤매고 다녔습니다. 그리고 이제 비로소 제일 좋아하는 것과 잘 할 수 있는 것 그리고 해야 할 것을 알게 되었습니다."

그날도 그는 들판으로 나가 그림을 그렸고, 이렇게 그린 그림이 바로 〈만종〉입니다. ♣

멜론에서 듣기

이루마, 'Kiss the Rain'
나를 위한 추천음악 [85]

몽마르트르의 전설

세계 각지에서 온 수많은 관광객들로 일 년 내내 북적이는 프랑스 파리의 몽마르트언덕에 전설처럼 전해지는 이야기가 있습니다.

지금도 이곳에서는 북적이는 인파들 사이에서 많은 젊은 화가들이 그림을 그려주며 생활하고 있는데요, 우리가 잘 아는 피카소^{Pablo Picasso}도 젊은 시절 이곳에서 거리의 화가로 생활했다고 합니다.

때는 몹시 추운 겨울날이었습니다. 이날따라 바람까지 심해서 지나다니는 사람도 없고, 거리의 화가로서는 그야말로 공치는 날이었죠. 하루 종일 굶으며 손님을 기다리는 그에게 맞은편 레스토랑에서 풍겨 나오는 양파스프의 냄새는 정말 참기 힘들었습니다. 참고로 프랑스의 양파스프는 우리의 김치찌개만큼 치명적인 냄새로 사람들을 유혹하곤 합니다.

거리의 화가는 배고픔을 참지 못하고 가게로 들어가 양파스프 한 그릇을 시켜 먹습니다.

자, 식사는 잘 마쳤지만 주머니엔 돈이 없어 난감해졌죠.

피카소는 당시 거리의 화가들이 가끔 써먹는 수법대로 달아나버릴 수도 있었지만 그러지 않았습니다. 대신 주인에게 가서 자신이 누구인지, 어디서 그림을 그리는지, 자신이 왜 이런 짓을 하게 되었는지 구구절절 설명합니다.

당시엔 이런 일들이 너무 많아서 주인들은 경찰을 부르는 게 당연한 일이었습니다.

하지만 이야기를 들은 주인은 앞에 있는 작은 냅킨을 한 장 들어 손에 쥐어주며 피카소를 향해 이렇게 말합니다.

> "젊은 사람이 그러면 쓰나? 밥을 먹었으면 일을 해야지. 여기에 그림을 그려주게."

어리둥절한 피카소는 가지고 있던 펜으로 그림을 그려주었고, 그것을 받아 든 주인은 대단히 훌륭한 작품이라며 약간의 돈을 더 얹어주었습니다.

그로부터 몇 년 뒤, 이 젊은 화가는 우리가 잘 아는 피카소가 되어 레스토랑을 다시 방문합니다.

남태평양의 섬들을 사 모으는 취미가 있었다는 피카소!

그 섬들 중 몇 개를 그 레스토랑 주인에게 선물했다는 것이 몽마르트에서 떠도는 전설입니다.

한 청년을 범죄자로 만들 수도 있던 순간, 이해와 배려가 그를 위대한 예술가로 만들어 준 것입니다. ♣

▶ 리스트, '헝가리안 랩소디' (piano joke)

덴마크 출신의 미국 피아니스트 빅터 보르게. "건반 위의 채플린"이라는 애칭으로 세계에 웃음 바이러스를 선사한 무대 위의 레전드입니다. 17세에 천재 피아니스트로 데뷔했고, 24세에 뮤지컬 코미디에 데뷔, 28세에는 영화배우로 데뷔하더니 미국으로 건너가서는 아예 이 모두를 결합한 형태로 음악과 코미디와 메시지 그리고 감동을 전하는 독특한 무대를 완성했습니다. 북유럽 5개국에서의 기사 작위와 미국에서의 케네디센터 훈장에 빛나는 "위대한 덴마크–미국인" 빅터 보르게의 피아노 조크 버전 '헝가리안 랩소디'입니다.

Franz Liszt, Hungarian Rhapsody - Victor Borge

멜론에서 듣기

All of me – 루이 암스트롱
나를 위한 추천음악 [86]

▶ 드뷔시, '달빛'

신비로우면서도 차분한 사색을 통한 힐링의 시간이 필요할 땐 마치 프랑스 인상주의 화가들이 엄선한 색채의 물감들을 내 마음에 풀어 놓듯 따뜻하게 전해지는 이 음악을 들어 보세요.

Claude Debussy, Clair de lune

▶ 리스트, '라 캄파넬라'

리스트의 피아노 곡은 초절 기교를 필요로 하는 작품이 많기로 유명합니다.

그 자신이 당대 최고의 피아니스트였던 데다 유난히 긴 손가락을 가지고 있어서 자신의 연주 수준과 손가락 길이에 맞는 작품을 만들다 보니 그야말로 리스트 아니면 안 되는 작품들이 나왔던 것이죠.

라 캄파넬라는 종소리라는 뜻인데요, 화려한 종소리의 피아노 버전으로 생각하고 한 번 들어 보시죠.

Franz Liszt, La campanella

▶ 차이코프스키, 〈호두까기 인형〉 중 '꽃의 왈츠'

차이코프스키를 대표하는 동화 같은 발레 음악 〈호두까기 인형〉의 마지막 음악인 '꽃의 왈츠'.

마음의 환기가 필요할 때를 위한 명약입니다.

Piotr Ilyitch Tchaikovsky, Waltz of the Flowers

두려움

루마니아가 공산주의 국가이던 시절, 지하교회를 섬기다 비밀경찰에게 붙잡혀 이루 말할 수 없는 고초를 겪으면서도 동유럽을 넘어 세계 선교에 큰 영향을 끼친 이가 있습니다.

리차드 범브란트_{Richard Wurmbrand} 목사가 바로 그입니다.

그의 일화 중에는 실로 감동적인 이야기가 많은데요, 한번은 지하교인들의 은신처를 말하라며 모진 고문과 폭행을 당할 때였습니다.

　　"어디 숨어있는지 말 해!"

　　"어이 경찰양반, 당신이 아무리 때려도 난 두렵지도 않고 당
　　신을 미워하지도 않아. 당신도 하나님이 사랑하는 사람이니
　　지금이라도 한 번 믿어 보시게."

이런 말만 되풀이하자 화가 난 취조관이 그를 더욱 심하게 때려 기절하게 만들었는데, 마침 그 지역의 경찰 최고위 간부가 취조 상황을 확인하러 그곳을 방문했죠. 그리고 기절해 있는 범브란트를 다시

깨우라고 명령합니다.

취조관은 그에게 찬물을 끼얹었고, 퉁퉁 부은 눈을 뜰 수조차 없어 한쪽 눈만 간신히 뜬 범브란트는 취조관의 얼굴을 보자 배시시 웃으며 이렇게 말하는 것이었습니다.

"어이 경찰 양반, 내가 전편에서 어디까지 얘기해 줬더라?"
이 모습을 본 고위 간부는 "이 사람은 고문으로 말할 사람이 아니야. 더 때리지 말고 다른 방법을 찾아봐."라고 충고한 뒤 나갔다고 합니다.

시간이 지나 그를 방문한 지인들이 어떻게 그런 상황에서도 유머와 여유를 잃지 않을 수 있었는지 물었습니다. 그러자 범브란트가 대답했다고 합니다.

"여보게들 그 고문실 이라는 게 들어가기만 해도 무시무시하다네. 당연히 무섭지 왜 안 무섭겠나. 그런데 말이야. 그곳에 오래 있는 동안 내가 성경책을 열심히 읽었는데, '두려워하지 마라!'라는 구절이 자주 나오더군. 세상에 있을 땐 잘 몰랐는데 그곳에서는 그 한마디가 크게 위로가 되더군. 그래서 성경을 읽는 김에 그 말이 몇 번이나 나오는지 통째로 세어 보기로 했네. 모두 365번 나오더라구. 오~ 그래, 매일매일 두려워하지 말라는 뜻이구나 생각하고 아예 마음속에 넣어

두었지. 그래서 말이야. 그냥 두려워하지 말라고 해서 안하는 걸세, 허허."

세상일은 내 마음대로 되지 않습니다.
사실은 내 마음도 내 마음대로 되지 않습니다.
그래서 우리는 늘 두려운 마음으로 하루하루 살아가고 있는 건지도 모르죠.
지금 당신을 인도하고 있는 마음속 한 구절이 있다면 과연 무엇일 까요? ♣

하이든, 현악4중주 17번 작품 '세레나데'
나를 위한 추천음악 [87]

돼지머리의 전설

수많은 짐승들 가운데 고사 상에 올라가는 것은 왜 꼭 하필 돼지머리인지, 그 슬픈 전설을 아십니까?

옛날 어느 시골마을에 농부가 살았습니다. 이 농부는 해마다 풍성한 수확을 내려주는 하늘에 감사하며 고사를 지내기로 했습니다. 그리고 살아있는 짐승을 잡아 그 머리를 제물로 올리기로 했죠.

어떤 짐승을 바칠까 고민하던 농부는 직접 둘러보기 위해 축사로 가보기로 했습니다. 축사에 도착한 농부는 우직한 소에게 이렇게 말합니다.

> "소야, 소야, 내가 하늘에 감사하는 마음으로 너를 잡아 제사를 지내야겠다."

그러자 소는 진심어린 말로 이렇게 대답했습니다.

> "네, 주인님, 그러시죠. 그런데, 이건 정말 주인님을 위해서 드리는 말씀인데요… 제가 없으면 농사일은 누가 합니까? 밭

은 누가 갈고 수레는 누가 끕니까?"

이 말을 들은 농부는 고개를 끄덕였죠. 그리고 이번에는 옆에 있던 개를 보고 같은 말을 했습니다. 그러자 개는 이렇게 말했습니다.

"네 주인님, 그러시죠. 그런데, 이건 정말 주인님을 위해서 드리는 말씀인데요… 제가 없으면 집은 누가 지키나요? 들판의 양은 또 누가 몰고 다니나요?"

일리가 있는 개의 말에 다시 난감해 하는 농부의 무릎 위로 고양이가 뛰어올라옵니다. 눈치 빠르고 학습능력이 뛰어난 이 고양이는 주인과 눈이 마주치기도 전에 주인에게 다가와 아양을 떱니다.

"아잉~ 주인니임~ 내가 없으면 재롱은 누가 떨어여엉~"

잠시 눈을 감고 예쁜 고양이가 없는 지루하고 삭막한 세계를 상상하던 농부는 깜짝 놀라며 고양이를 쓰담쓰담 했죠.

그 순간 축사를 둘러보던 농부의 눈과 저쪽에 멀뚱히 있던 돼지의 눈이 딱 마주쳤습니다. 둘은 잠시 서로를 진하게 마주보며 불꽃 튀는 눈싸움을 했습니다. 그리고 주인은 "에헴!" 하는 큰기침과 함께 말없이 나가 버렸습니다.

주인이 나가자 열이 받은 돼지가 소에게 하소연합니다.

"야, 저 사람은 처음부터 나를 잡을 생각을 했을 거야, 주인은 원래 나를 싫어했거든. 평소에도 너희한테는 우직한 소니, 충직한 개니 하면서도 나를 부를 땐 돼지 같은 놈, 이러면서 욕만 했잖아! 처음부터 차별하면서 나를 싫어한 거 다 알아!

야, 소야, 그런데 생각해 봐라. 내가 뭘 그렇게 잘못했냐? 어차피 우리는 죽으면 고기며 가죽이며 뼈까지 남김없이 다 주고 가는데 왜 나만 미워하냔 말야!"

돼지의 말을 묵묵히 다 듣고 나서 소가 대답했죠.

"그래 돼지야, 네 말이 맞아. 너는 죽어서 다 주지. 그런데 말이야, 나는 살아서도 준단다."

살아서도 주고 죽어서도 주는 것, 우리는 그것을 헌신이라고 합니다.

멜론에서 듣기

뮤지컬 〈레 미제라블〉 중 'I dreamed a dream'
나를 위한 추천음악 [88]

질투

세상 무엇에도 흔들리지 않을 신앙과 인격을 인생의 덕목으로 알고 수도원에 들어가 수십 년 동안 기도와 수련을 한 수도사가 드디어 깨달음을 얻고 하산하게 되었습니다.

그 동안 수도사를 괴롭히던 마귀들이 이 소식을 전해 듣고 수도사를 유혹해 무너뜨리기 위한 긴급 대책회의를 열었습니다.

그리고 마귀들은 수도원에서 마을로 내려가는 산길에 숨어 있다가 각자의 특기를 발휘하여 수도사를 무너뜨려 보기로 했습니다.

제일 먼저 바위 뒤에 숨어 있던 신입 마귀가 대장 마귀의 신호에 따라 아름다운 여인의 모습으로 변장해 수도사에게 접근했습니다. 하지만 오랜 수련으로 단련된 수도사에게 눈길조차 받을 수가 없었습니다.

신입 마귀를 크게 혼낸 대장 마귀가 고참 마귀에게 신호를 보냅니다. 그러자 나무 뒤에 숨어있던 고참 마귀가 큰 황금덩어리로 변신하더니 수도사가 내려오는 길목에 "뿅" 하고 나타났습니다. 하지만 이번에도 수도사는 마치 돌덩이를 보듯 동요 없이 지나쳐 버렸습니다.

머쓱해 하는 부하들에게 대장 마귀는 "모자란 놈들, 잘 봐 둬라. 내가 사람을 어떻게 다루는지!" 소리치고는 수도사 앞으로 저벅저벅 걸어가 그의 귀에 대고 뭐라고 속삭였습니다.

그 말을 들은 수도사는 금방 얼굴이 벌겋게 되더니 두 주먹을 불끈 쥐고는 길길이 뛰는 것이었습니다. 이 광경을 본 부하 마귀들이 깜짝 놀라 물었죠.

> "대체 뭐라고 하셨기에 저 사람이 저토록 노발대발하는 겁니까?"

그러자 대장이 대답했습니다.

> "아주 간단하지! 저 녀석 귀에 대고 말이야, '네 동생이 로마에서 주교가 되었다던데' 하고 말해 주었지."

질투를 이기는 사람이야말로 가장 강한 인격의 소유자입니다. ♣

멜론에서 듣기

영화 〈미녀와 야수〉 중 'How Does A Moment Last Forever'– 셀린 디온
나를 위한 추천음악 [89]

▶ 'Fly Me To The Moon' – 다이아나 크롤

 175cm의 훤칠한 키에 보이시한 매력을 아낌없이 발산해 터프해 보이기까지 하는 캐나다 출신의 가수 겸 영화배우 다이아나 크롤! 어렵게만 느껴지는 재즈 음악을 알기 쉽게 들려주고 화려한 피아노 실력에 완벽한 무대 매너까지⋯ 다섯 번의 그래미상 수상 경력이 말해주듯 명문 버클리의 자랑이자 해리슨 포드와 엘튼 존이 뽑은 베스트 아티스트가 라스베이거스에서 들려주는 'Fly Me To The Moon'입니다.

Fly Me To The Moon - Diana Krall

▶ 이루마, 'Kiss the Rain'

 한국 출신 대중음악인으로 뉴에이지 음악의 새 장을 열고 외국에서 이미 유명해진 후에 한국으로 역수입된 아티스트 이루마. 영국 킹스칼리지에서 재즈 작곡을 전공하고 영국 크로이던 '영 뮤지션 페스티벌'을 통해 데뷔하며 스스로를 세상에 소개한 천재 작곡가 겸 연주자의 대표곡 키스 더 레인입니다.

Yiruma(이루마), Kiss the Rain

모나리자

2000년대 초반 프랑스 화가 겸 미술사가인 자크 프랑크^{Jacques Franck}가 21세기 세계 미술사에 큰 선물을 안겨주었습니다. 레오나르도 다빈치^{Leonardo da Vinci}의 모나리자 제작에 얽힌 비밀을 500년 만에 풀어낸 겁니다.

전에는 그저 16세기 초반에 그려졌다는 것과 포플러 나무 목판에 그려졌다는 것 정도밖에 밝혀진 게 없었고, 첨단 엑스레이나 과학장비로도 화가가 어떻게 그토록 신비로운 작품을 완성해냈는지 그 비법은 도저히 알아낼 수 없었죠.

다빈치 전문가로 알려진 자크 프랑크에 따르면 모나리자의 비밀은 바로 이렇습니다. 일단 눈에 거의 보이지 않을 정도인 4분의 1밀리미터 정도의, 거의 점에 가까운 미세한 선으로 채색을 한 다음, 엷게 희석시킨 물감 층으로 그림 전체에 덧바릅니다. 그리고 다시 처음과 같은 미세한 선으로의 채색 작업과 희석 물감을 반복하는 식으로,

최소한 30겹 이상의 덧칠 작업을 반복해 그림을 완성했다는 것이죠. 그의 한 번 붓질은 길어야 1에서 2밀리미터를 넘지 않았을 것이고, 주요 부분에서는 4분의 1밀리미터 정도의 세밀한 붓질로 그림을 그려 나갔을 거라고 합니다. 이를 위해 화가는 한 손에는 붓을 다른 손에는 확대경을 들고 작업을 했고, 꽤 오랜 기간 이 작품에 매달려야 했을 것이라고 합니다.

기록에 따르면 다빈치는 1503년 모나리자를 그리기 시작하여 1516년 프랑스로 건너갈 때까지 그림을 그리고 있었고, 1519년 죽기 직전에야 모나리자를 완성한 것으로 알려져 있습니다. 죽기 직전까지 무려 16년 이상이나 자신의 시간과 열정을 이 작품에 쏟아 부었던 것입니다. 레오나르도 다빈치가 마지막 인생을 바친 한 땀 한 땀의 작은 붓놀림들이 모여 위대한 예술작품이 된 것이죠!

여러분 또한, 삶의 사소한 일상 속 작은 몸짓일지라도 거기에 세심함과 성실함을 담아 스스로를 명작으로 탄생시키길 바랍니다. ♣

멜론에서 듣기

쇼팽, 녹턴 No.1
나를 위한 추천음악 [90]

그냥 계속했을 뿐

1926년 미국의 오리건 주에서 한 소녀가 태어났습니다. 하지만 안타깝게도 아이는 소아마비로 인해 걸을 수 가 없었죠. 8살이 되면서 의사의 권유로 수영을 하며 재활을 시작했고, 열심히 연습한 결과 열 살이 되면서는 목발을 짚고 한 걸음씩 걸을 수 있었습니다.

그리고 잭 코디란 코치를 만나 수영에 전념할 기회를 가지게 된 14살의 낸시는 캘리포니아 샌타바버라 대회에서 3등을, 19살 때에는 수영 강국인 미국의 전국 대회에서 1등을 하게 됩니다.

루즈벨트 대통령이 백악관을 방문한 낸시를 반갑게 맞아주며 물었습니다.

> "낸시 양, 참으로 대단합니다. 어떻게 불편한 몸으로 챔피언
> 이 될 수 있었나요?"

그러자 낸시 메르키는 이렇게 대답합니다.

"그냥 계속했을 뿐입니다, 각하"

걷기조차 힘든 장애를 극복하며 아마추어 대회에서 여러 차례 신기록을 갱신하였고, 1948년 런던 올림픽의 미국 대표로 참가하기도 한 가녀린 한 소녀는 노력할 수 있을 때 더 노력하지 않는 우리들을 향해 이렇게 말해주고 있습니다.

그냥, 계속했을 뿐입니다. ♣

멜론에서 듣기

사티, '짐노페디' 중 1번
나를 위한 추천음악 [91]

진품명품

한국이 낳은 세계적 바이올리니스트가 자신의 분신과도 같은 1734년산 명품 바이올린인 과르네리 델 제수$^{Guarneri\ del\ Gesu}$로 들려주는 연주는 팬들의 가슴에 깊은 울림을 선사합니다. 이 악기는 40년 전 약25만 달러에 구입했다고 전해지는데, 현재 가치로는 700만 달러 이상을 호가한다고 합니다.

세계적 현악기전문 컨설팅 회사인 플로리안 레온하르트 사는 1743년산 과르네리 델 제수를 1980년 22만5천 달러에 구입했던 투자자가 1998년 600만 달러에 되팔아 연평균 20퍼센트의 수익률을 기록했다고 발표했습니다.

1765년산 과다니니^{Guadagnini} 첼로는 1970년 약 300만원에 사들인 것이 2001년에 약 10억 원을 기록해 역시 연 20퍼센트 이상의 수익률을 올렸다고 합니다.

한편, 명기의 대명사로 불리는 스트라디바리우스^{Stradivarius} 바이올린은 매년 약 14퍼센트의 복리 수익률이 보장된다고 하니 당장 은행으로 뛰어가 대출이라도 받고 싶은 심정이네요.

게다가 이렇게 세계적 명기로 알려진 악기들은 그 희소성 때문에 시간이 지날수록 가격상승 폭이 점점 더 커질 것이라고 하니 투자자들에게는 그야말로 매력 덩어리입니다.

자, 이제 본론으로 들어가서, 이런 악기가 진짜 명품인지 아닌지는 어떻게 구별할까요?

위에서 소개한 세계적 명품 악기 투자 전문회사의 대표이자 세계적 눈썰미를 자랑하는 악기명장 플로리안 레온하르트 씨는 그 비결을 이렇게 설명합니다.

> "악기를 감별하는 방법은 한 가지밖에 없습니다. 진품 악기를 한 300대 정도 닦고 고치고 취급하다 보면 어느새 최첨단 장비보다 정확히 한눈에 알아볼 수 있게 되지요." ♣

멜론에서 듣기

바흐, 무반주 첼로 모음곡 1번의 1곡 '프렐류드'
나를 위한 추천음악 [92]

위폐감별

세계에 자랑할 만한 한국인의 눈썰미를 들자면 아마도 위조지폐 감별 능력을 들 수 있을 겁니다.

한 해에 국내에서 적발되는 위조지폐의 규모는 약 30만 달러라고 하는데요, 아마 실제 유통량은 그것의 20배 정도 될 것이라고 하니 실로 엄청난 액수입니다.

이 골칫덩어리 위조지폐 때문에 은행들마다 각종 첨단장비들을 준비하고 있지만 실제론 사람의 눈으로 찾아내는 게 더 많다고 하죠. 때로는 수천만 원에서 수억 원 하는 기계장치도 발견하지 못하는 정교한 위조지폐를 사람이 구별해낸다고 합니다. 그만큼 한국인 감별사들의 실력은 대단하다고 합니다.

이런 위폐감별사들의 훈련에는 필수적으로 거쳐야 하는 과정이 하나 있습니다. 바로 '진짜 돈을 통한 학습'입니다.

훈련이 시작되면 감별사들은 하루 종일 진짜 돈만 취급하고 만진다고 합니다. 진짜 돈만 쳐다보고 만지는 과정을 몇 달 계속하다 보면 어느새 그 안에 끼워 넣은 가짜 돈을 쉽게 찾아낼 수 있다죠.

명품악기 감별도 진품 속에 답이 있고 위조지폐 감별도 진폐 속에 답이 있습니다.

진짜 생각을 해야 진짜 세상이 보입니다. ♣

멜론에서 듣기

성 프란시스코의 기도(평화의 기도)
나를 위한 추천음악 [93]

▶ O Sole Mio (브라이언 아담스 & 루치아노 파바로티)

 진정한 화합의 앙상블을 보여주는 명연주를 소개합니다. 자타공인 인류 최고의 목소리로 추앙받은 테너 루치아노 파바로티! 세계 최고의 오페라 무대를 모두 빛나게 해준 "오페라의 황제". 세상에서 고음을 가장 잘 내는 "하이 C의 제왕"으로 불리며 대중의 폭발적인 사랑을 받았죠.

'Heaven', 'Everything I Do' 등 수많은 히트곡을 자랑하며 특유의 허스키한 음성으로 구름 관중을 이끈 캐나다 록의 전설이자 작곡가, 사진가, 배우, 음악 프로듀서, 사회운동가로도 활동한 브라이언 애덤스. 이 두 사람이 함께 만든 무대는 유튜브 누적 조회수 3천만 회를 넘어 기록갱신 중입니다. 애덤스의 열창하는 모습과 파바로티의 품격 있는 무대 매너, 그리고 상대를 향한 배려의 모습은 감동 그 차체입니다. 브라이언 아담스와 루치아노 파바로티가 선사하는 'O Sole Mio'입니다.

O Sole Mio - Bryan Adams & Luciano Pavarotti

▶ All Of Me (돈)

 아무 이유 없이 흥이 필요 할 때, 묻지도 따지지도 말고 봐야할 흥 부자가 있습니다.

일명 Don으로 불리는 거리의 악사 같은 분인데요. 사실은 도널드 캔우드라는 재즈의 명인이라고 합니다. 루이 암스트롱의 'All Of Me'를 루이 암스트롱을 재현하며 부르는 동시에 건반, 타악기에 입으로 내는 악기 소리까지…. 같이 한번 들어보세요.

All Of Me - Don

▶ You raise me up (마틴 허켄스)

 음악을 너무 사랑해서 성악가가 되고자 했던 네덜란드 소년이 있었습니다. 일곱 살에 소년 합창단에 들어가서 열심히 공부한 그 꼬마는 열세 살에 장학금으로 음악원에 들어갔지만 학교가 장학금을 주지 못할 상황이 되고 가정 형편까지 어려워지자 꿈을 접어야 했습니다. 생계를 위해 제빵사가 된 그는 35년을 열심히 일했지만 회사는 갑자기 57세의 그를 해고했고, 또다시 생계를 위해 거리의 악사가 되어 사람들이 던져주는 동전을 위해 길거리에서 노래해야 했죠. 그러던 어느 날 막내딸이 그를 위해 몰래 신청한 〈Holland's Got Talent〉라는 TV 프로그램에 참가하여 우승하게 되었고, 드디어 그가 꿈꾸던 세계적인 성악가가 되었다는 동화 같은 이야기의 주인공! 마틴 허켄스의 'You raise me up'을 소개합니다.

YOU RAISE ME UP – Martin Hurkens

▶ 베토벤-쇼팽-브람스-바흐-모차르트 버전의 생일축하곡

 위대한 클래식 작곡가들이 그들만의 색으로 'Happy Birthday to You'를 만든다면 어떨까? 피아니스트 겸 작곡가 니콜 페셰가 들려주는 베토벤-쇼팽-브람스-바흐-모차르트 버전의 생일축하곡을 들어 보세요. 참, 만약 술 한 잔 들어가 흥이 오른 모차르트라면 어떤 연주를 들려줄까요?

Happy Birthday - Nicole Pesce on piano

▶ 나를 위한 추천음악 목록

 표지 뒷면의 QR코드를 스캔해 보세요!
이 책에 수록된 ▶나를 위한 추천음악의 모든 곡들은 멜론 DJ리스트에 수록되어 있습니다.
멜론 유료회원이 아닌 경우 미리듣기만 가능합니다.

제1악장 내 꿈을 위한 음악들

1. 구노의 오페라 〈파우스트〉 중 왈츠

- Liszt : Waltz From Gounod's Faust (리스트 : 구노의 파우스트 왈츠)
- 아티스트_김혜정
- 앨범_앨범피아노 독주곡집
- 발매일_1995.05.01
- 장르_클래식, 독주곡

2. 하이든, 교향곡 제94번 '놀람' 2악장

- Haydn : Symphony In G, H.I No.94 – 'Surprise' – 2. Andante
- 아티스트_Herbert Von Karajan, Berliner Philharmoniker
- 앨범_Haydn: Symphonies No.94 'Surprise' / No.96 'The Miracle' / No.104
- 발매일_2000.02.02
- 장르_클래식, 교향/관현악

3. 슈베르트, '군대행진곡'

- Schubert : Military March in D Major, D.733 Op.54 No.1 (arranged by Thomas Fheodoroff)
- 아티스트_Ensemble Prisma Wien
- 앨범_Schubert: Octet D.803 [on period instruments]
- 발매일_2014.10.17
- 장르_클래식

4. 바흐, '브란덴부르크협주곡' 4번 1악장

- Bach : Brandenburg Concerto No.5 In D, BWV 1050 – 1. Allegro
- 아티스트_Karl Richter, Munchener Bach-Orchester, Karl-Heinz Schneeberger, Aurele
  Nicolet

- 앨범_Bach : 6 Brandenburg Concertos / 4 Ouvertures / Tripel Concerto BWV.1044
- 발매일_2002.04.12
- 장르_클래식

5. 헨델, 오페라 〈리날도〉 중 '울게 하소서'

- 울게 하소서
- 아티스트_정세훈
- 앨범_Comfort: 01 (New Voice Popera Castrato: Jung Se Hun)
- 발매일_2004.02.21
- 장르_발라드, 클래식, 크로스오버

6. 하이든, 〈천지창조〉 중 피날레 합창 '세상 모든 목소리여 주를 찬양하라'

- Haydn : Die Schopfung Hob. XXI : 2 Dritter Teil – 34. Schlusschor Mit Soli : Singt Dem Herren All Stimmen
- 아티스트_Edith Mathis, Francisco Araiza, Wiener Singverein, Wiener Philharmoniker, Ann Murray, Helmut Froschauer
- 앨범_Haydn : Die Schoepfung
- 발매일_1984.02.17
- 장르_클래식, 오페라/성악

7. 생상스, 〈동물의 사육제〉 중 '백조'

- Saint-Saens : Carnival Of The Animals – XIII. The Swan (생상스 : 동물의 사육제 – 13번. 백조)
- 아티스트_Yo-Yo Ma, Kathryn Stott
- 앨범_The Swan (From 'Carnival Of The Animals')
- 발매일_2015.06.29
- 장르_클래식, 실내악

8. 마스카니, 오페라 〈카발레리아 루스티카나〉 중 간주곡

- 마스카니 : 오페라 〈카발레리아 루스티카나〉 중 간주곡
- 아티스트_Pietro Mascagni
- 앨범_사계절 풍경이 있는 클래식
- 발매일_2007.10.15
- 장르_클래식, 교향/관현악, 독주곡, 협주곡, 오페라/성악, 실내악, 발레/무용

9. 마스네, 타이스의 명상곡

- 마스네 : 타이스의 명상곡
- 아티스트_George Mann
- 앨범_Piano Forte
- 발매일_2003.11.13
- 장르_클래식, 독주곡

10. 드보르자크, 〈유머레스크〉 7번

- Dvorak : Humoresque No.7 (드보르작 : 유모레스크)
- 아티스트_Stefan Veselka
- 앨범_The Very Best Of Dvorak (드보르작 베스트)
- 발매일_2008.09.10
- 장르_클래식

11. 리하르트 슈트라우스, 가곡 '내일'

- R.Strauss : 4 Lieder Op.27 TrV.170 – IV. Morgen (리하르트 슈트라우스 : 4개의 가곡 작품번호 27
  – 4번. 내일)
- 아티스트_Elsa Dreisig, Jonathan Ware
- 앨범_Morgen – Strauss : 4 Lieder Op.27 TrV.170 – IV. Morgen
- 발매일_2019.12.20
- 장르_클래식, 독주곡

12. 비제, 오페라 〈카르멘〉 간주곡

- Entr`acte from Carmen
- 아티스트_Linda Chatterton
- 앨범_The Romance of Flute and Harp
- 발매일_2003.01.01
- 장르_클래식

13. 바흐-구노, '아베 마리아'

- Bach/Gounod : Ave Maria (바흐/구노 : 아베 마리아)
- 아티스트_Neues Bachisches Collegium Musicum
- 앨범_행복한 휴식 (공부, 명상, 힐링, 태교에 좋은 클래식 명곡 베스트 모음 : 첼로와 바이올린 그리고
  피아노)

- 발매일_2015.02.25
- 장르_클래식, 독주곡

제2악장 내 사랑을 위한 음악들

14. 리스트, '사랑의 꿈' No.3

- Liszt Liebestraum(Dream of Love) No.3
- 아티스트_David Stahl
- 앨범_David on the Keys
- 발매일_2006.01.01
- 장르_클래식

15. 바흐, '브란덴부르크협주곡' 5번 1악장

- Bach : Brandenburg Concerto No.5 In D, BWV 1050 – 1. Allegro
- 아티스트_Karl Richter, Munchener Bach-Orchester, Karl-Heinz Schneeberger, Aurele Nicolet
- 앨범_Bach : 6 Brandenburg Concertos / 4 Ouvertures / Tripel Concerto BWV.1044
- 발매일_2002.04.12
- 장르_클래식

16. 파헬벨, 캐논변주곡

- Pachelbel: Canon and Gigue in D major
- 아티스트_Pinchas Zukerman, St. Paul Chamber Orchestra
- 앨범_Pachelbel : Canon & Gigue & Works By Handel, Telemann, Vivaldi, Rameau & Purcell
- 발매일_2016.08.24
- 장르_클래식, 협주곡

17. 바흐, 미뉴에트

- Bach : Anna Magdalena`s Notebook Book II. Minuet In G Major BWV Anh.II 114 (바흐 : 안나 막달레나를 위한 노트 2권 미뉴에트 사장조)
- 아티스트_Yumi Yamagata
- 앨범_Yumi의 명반 플루트 시리즈 2 [Neo Classique]

- 발매일_2019.12.11
- 장르_클래식, 크로스오버

18. 엔니오 모리코네, 영화 〈러브어페어〉 O.S.T.

- Love Affair
- 아티스트_Ennio Moriconne
- 앨범_러브 어페어 OST
- 발매일_1994
- 장르_국외영화, 재즈, 보컬재즈

19. 바흐, '토카타와 푸가'

- Bach : Toccata And Fugue In D Minor BWV.565 – I. Toccata (바흐 : 토카타와 푸가 라단조 – 1번. 토카타)
- 아티스트_Ales Barta
- 앨범_Toccata And Fugue Organ Illusion
- 발매일_2011.04.06
- 장르_클래식, 오페라/성악

20. 하이든, 트럼펫 협주곡 3악장

- Haydn : Concerto For Trumpet And Orchestra In E Flat Major Hob.7e/1 – III. Allegro (하이든 : 트럼펫과 관현악을 위한 협주곡 내림 마장조 – 3악장)
- 아티스트_Hans Gansch
- 앨범_(고음질) 트럼펫 협주곡 클래식 : 마음을 위로하는 따뜻한 감성 힐링 음악 Trompetenkonzerte
- 발매일_2016.03.07
- 장르_클래식, 협주곡

21. 라흐마니노프, 교향곡 제2번 3악장

- Rachmaninov : Symphony No.2 In E Minor Op.27 – III. Adagio (라흐마니노프 : 교향곡 2번 마단조 작품번호 27 – 3악장)
- 아티스트_Sergei Rachmaninov
- 앨범_Sergei Rachmaninoff : Orchestral Works, Piano Concertos And Works, Aleko (세르게이 라흐마니노프 : 오케스트라 작품, 피아노 협주곡과 알레코)
- 발매일_2014.05.07

- 장르_클래식, 교향/관현악

22. 모차르트, 피아노변주곡 k265

- Mozart: Twelve Variations On "Ah! Vous dirais-je, maman" K.265
- 아티스트_정명훈
- 앨범_Piano
- 발매일_2014.04.04
- 장르_클래식

23. 쇼팽, 피아노협주곡 1번 2악장 '로망스'

- Chopin: Piano Concerto No.1 In E Minor Op.11 – II. Romance. Larghetto (쇼팽 : 피아노 협주곡 1번 마단조 작품번호 11 – 2악장)
- 아티스트_조성진, Gianandrea Noseda, London Symphony Orchestra
- 앨범_Chopin : Piano Concerto No.1 Ballades (Deluxe)
- 발매일_2016.12.23
- 장르_클래식, 협주곡

24. 브람스, 〈헝가리 무곡〉 No.5

- 브람스 : 헝가리무곡 5번
- 아티스트_Istvan Bogar
- 앨범_Discover The Classics
- 발매일_1994.02.15
- 장르_클래식

제3악장 나를 위로해주는 음악들

25. 헨델, 오페라 〈세르세〉 중 '나무 그늘 아래서'

- Handel : Serse – Ombra Mai Fu (헨델 : 세르세 – 그리운 나무그늘 아래)
- 아티스트_Jennifer Lane, Rudolph Palmer, Brewer Chamber Orchestra
- 앨범_한국인이 좋아하는 유명한 오페라아리아 – 벨리니, 도니제티, 헨델
- 발매일_2012.04.12
- 장르_클래식, 오페라/성악

26. 뮤지컬 〈지킬 앤 하이드〉 중 'Once upon a Dream – Carolee Carmello'

- Once Upon A Dream – Lisa
- 아티스트_Carolee Carmello
- 앨범_Jekyll & Hyde: The Gothic Musical Thriller
- 발매일_2016.08.19
- 장르_국외뮤지컬

27. 드보르자크, 〈슬라브 무곡〉 Op.46/8

- Dvorak : Slavonic Dances No.8 In G Minor Op.46 (드보르작 : 슬라브 무곡 8번 사단조 작품번호 46) (Remastered)
- 아티스트_George Szell
- 앨범_George Szell & The Cleveland Orchestra 'One Hundred Musicians and a Perfectionist'
- 발매일_2018.08.10
- 장르_클래식, 교향/관현악아티스트

28. 쇼팽, '즉흥 환상곡' No.4

- Chopin : Fantasie–Impromptu No.4 In C Sharp Minor Op.66 (쇼팽 : 즉흥 환상곡 4번 올림 다단조 작품번호 66) (영화 '말할 수 없는 비밀' 피아노 배틀)
- 아티스트_Balazs Szokolay, Peter Nagy, Idil Biret, Jeno Jando, Istvan Szekely
- 앨범_영화가 있는 피아노 산책
- 발매일_2013.04.09
- 장르_클래식, 독주곡

29. 모차르트, 교향곡 제40번 G단조 K.550 1악장

- Mozart : Symphony No.40 In G Minor K.550 – I. Molto Allegro (모차르트 : 교향곡 40번 사단조 – 1악장)
- 아티스트_Ryusuke Numajiri, Tokyo Mitaka Philharmonia
- 앨범_Mozart : Symphony No.40, Piano Concerto No.18 (모짜르트 : 교향곡 40번, 피아노 협주곡.18번)
- 발매일_2018.11.05
- 장르_클래식, 교향/관현악

30. 슈만, 연가곡 〈미르테〉 중 '헌정'

- Schumann : Myrthen Op.25 : I Widmung

- 아티스트_Peter Schreier
- 앨범_Schumann : Lieder
- 발매일_2006.12.05
- 장르_클래식, 오페라/성악

31. 슈만, 피아노곡 〈어린이 정경〉 중 '환생'

- Schumann : Kinderszenen Op.15 – 7. Traumerei
- 아티스트_Vladimir Horowitz
- 앨범_Horowitz: Complete Recordings on Deutsche Grammophon
- 발매일_2003.05.13
- 장르_클래식, 독주곡

32. 몬티, '차르다시'

- Monti : Czardas (몬티 : 차르다시)
- 아티스트_Roby Lakatos And His Ensemble
- 앨범_Lakatos
- 발매일_1998.04.03
- 장르_클래식

33. 모차르트, '디베르티멘토' K-137 3악장

- Mozart: Divertimento in B flat, K.137 – 2. Allegro di molto
- 아티스트_Neville Marriner, Academy of St. Martin in the Fields
- 앨범_Mozart: Eine kleine Nachtmusik; Serenata Notturna; Divertimenti, K.136, K.137 & K.138
- 발매일_2014.01.13
- 장르_클래식, 교향/관현악

34. 베토벤, '비창' 소나타 중 2악장

- Beethoven : Piano Sonata No.8 In C Minor Op.13 `Pathetique` – II. Adagio Cantabile (베토벤 : 피아노 소나타 8번 다단조 작품번호 13 `비창` – 2악장)
- 아티스트_백건우
- 앨범_베토벤 초기 피아노 소나타 Vol.2 (Beethoven : The Early Sonatas Vol.2)
- 발매일_2015.11.13
- 장르_클래식, 독주곡

35. 바흐, 플루트소나타 BWV 1031, 2악장 '시칠리아노'

- Bach : Flute Sonata No.2 In E Flat Major BWV.1031 – II. Siciliano (바흐 : 플루트 소나타 2번 내림 마장조 – 2악장)
- 아티스트_Emmanuel Pahud, Trevor Pinnock
- 앨범_Bach : Complete Flute Sonatas (바흐 : 플루트 소나타 전곡집)
- 발매일_2014.05.23
- 장르_클래식, 실내악

36. 모차르트, '터키행진곡'

- Mozart : Concert Paraphrase On "Turkish March"
- 아티스트_Arcadi Volodos
- 앨범_Piano Transcriptions
- 발매일_1997.07.14
- 장르_클래식, 독주곡

37. 베토벤, 교향곡 제5번 '운명' 1악장

- I. Allegro Con Brio – Symphony No.5 In C Minor, Op.67
- 아티스트_Nikolaus Harnoncourt, The Chamber Orchestra Of Europe
- 앨범_Beethoven : Symphony No.5
- 발매일_2005.03.08
- 장르_클래식, 교향/관현악

38. 베토벤, 교향곡 제9번 '합창' 4악장

- Beethoven: Symphony No. 9 In D Minor Op. 125 "Choral" : IV Presto – Allegro Assai "Ode To Joy"
- 아티스트_West Eastern Divan Orchestra
- 앨범_West-Eastern Divan Orchestra : Live In Berlin
- 발매일_2006.11.21
- 장르_클래식, 교향/관현악

39. 베토벤, 현악4중주 13번 B플랫장조

- Beethoven : String Quartet No.13 In B Flat Major Op.130 – V. Cavatina. Adagio Molto Espressivo (베토벤 : 현악 4중주 13번 내림 나장조 작품번호 130 – 5악장)
- 아티스트_Guarneri Quartet

- 앨범_Beethoven: String Quartet No.13: Grosse Fuge Op.133
- 발매일_2016.03.11
- 장르_클래식, 실내악

40. 요한 슈트라우스 1세, '라데츠키 행진곡' Op.228

- J.Strauss II : Radetzky March Op.228 (요한 슈트라우스 2세 : 라데츠키 행진곡 작품번호 228)
- 아티스트_Carl Michalski, Wiener Opernorchester
- 앨범_요한 스트라우스 2세의 아름다운 왈츠 클래식 베스트 모음집 '우주로 보낸 메세지' (피아노, 오케스트라)
- 발매일_2015.05.15
- 장르_클래식, 교향/관현악

41. 리스트, '라 캄파넬라'

- La Campanella
- 아티스트_David Garrett
- 앨범_Garrett Vs. Paganini
- 발매일_2013.10.25
- 장르_클래식, 크로스오버

42. 바흐, 〈평균율〉 1집 1번

- Bach : The Well-Tempered Clavier Book I. Prelude And Fugue No.1 In C Major BWV.846 (바흐 : 평균율 클라비어 작품집 1권 전주곡과 푸가 1번 다장조) (영화 '바그다드 카페')
- 아티스트_Christiane Jaccottet
- 앨범_듣기만 해도 영화가 보고 싶어지는 클래식 Cinema Classic Best (요가, 명상, 태교에 좋은 OST 연주곡)
- 발매일_2017.08.23
- 장르_클래식, 독주곡

43. 바흐, 칸타타 147-10, 예수 인류의 소망과 기쁨

- Bach : Herz Und Mund Und Tat Und Leben Cantata BWV.147 – X. Chorale. Jesu Bleibet Meine Freude (바흐 : 마음과 말과 행동과 생명으로 칸타타 – 10번. 합창. 예수 나의 기쁨)
- 아티스트_Matyas Antal, Hungarian Radio Chorus, Budapest Failoni Chamber Orchestra
- 앨범_Ave Maria : Sacred Arias And Choruses
- 발매일_1997.01.01

- 장르_클래식

44. 'Fly Me To The Moon' – 줄리 런던

- Fly Me To The Moon
- 아티스트_Julie London
- 앨범_The End Of The World / Nice Girls Don`t Stay For Breakfast
- 장르_재즈, 보컬재즈

제4악장 미래를 밝혀주는 음악들

45. 로시니, 오페라 〈윌리엄 텔〉 서곡

- Rossini : William Tell – Oventure (로시니 : 윌리엄 텔 – 서곡)
- 아티스트_Riccardo Muti, The Philharmonia Orchestra
- 앨범_금난새 셀렉츠 (Nanse Gum Selects) : 마에스트로 금난새의 클래식 음악 여행
- 발매일_2012.11.28
- 장르_클래식, 오페라/성악

46. 파가니니, 바이올린 소나타 6번

- Paganini : Sonata For Violin And Guitar No.6 In E Minor Op.3 – I. Andante Innocentemente
  (파가니니 : 바이올린과 기타를 위한 소나타 6번 마단조 작품번호 3 – 1악장)
- 아티스트_Pekka Kuusisto, Ismo Eskelinen
- 앨범_Paganini: Duos (파가니니: 2중주)
- 발매일_2015.10.16
- 장르_클래식, 독주곡

47. 사라사테, 바이올린 독주곡 '치고이너바이젠'

- Sarasate: Zigeunerweisen, Op. 20
- 아티스트_Ruggiero Ricci, London Symphony Orchestra, Piero Gamba
- 앨범_Zigeunerweisen
- 발매일_2000.01.01
- 장르_클래식, 교향/관현악

48. 슈베르트, 즉흥곡 D935 2번

- Schubert : 4 Impromptus No.3 In B Flat Major Op.142 D.935 – Theme. Andante With Variations (슈베르트 : 4개의 즉흥곡 3번 내림 나장조 작품번호 142)
- 아티스트_Alfred Brendel
- 앨범_Alfred Brendel – Great Pianists Of The 20th Century Vol.12
- 발매일_2014.01.07
- 장르_클래식, 독주곡

49. 오페라 〈보헤미아의 소녀〉 중 '대리석 궁전에 사는 꿈을 꾸었네'

- Balfe : The Bohemian Girl – I Dreamt I Dwelt In Marble Halls (발페 : 보헤미아의 소녀 – 대리석 궁전에 사는 꿈을 꾸었네)
- 아티스트_조수미
- 앨범_Sumi Jo Collection
- 발매일_2010.02.23
- 장르_클래식, 오페라/성악

50. 리스트, '헝가리안 랩소디' No.2

- Hungarian Rhapsody
- 아티스트_Royal Danish Symphony Orchestra
- 앨범_The World of Classics First Movement
- 발매일_2010.10.27
- 장르_클래식

51. 르로이 엔더슨, 타이프라이터

- The Typewriter
- 아티스트_Leonard Slatkin
- 앨범_The Typewriter:Leroy Anderson Favorites
- 발매일_1995.08.15
- 장르_클래식, 교향/관현악

52. You raise me up – Westlife

- You Raise Me Up
- 아티스트_Westlife

- 앨범_Face To Face
- 발매일_2005.10.31
- 장르_POP

53. 발트토이펠, '스케이팅 왈츠'

- Waldteufel : Les Patineurs Valse Op.183 (발트토이펠 : 스케이팅 왈츠 작품번호 183)
- 아티스트_Gustavo Dudamel, Wiener Philharmoniker
- 앨범_New Year's Concert 2017 (2017 빈 필 신년음악회)
- 발매일_2017.01.10
- 장르_클래식, 교향/관현악

54. 뮤지컬 〈지킬 앤 하이드〉 중 '지금 이 순간' – 홍광호

- 지금 이 순간 (뮤지컬 'Jekyll And Hyde')
- 아티스트_홍광호
- 앨범_홍광호 콘서트 라이브앨범 (Hongcert Live Album)
- 발매일_2013.10.30
- 장르_발라드

55. 모차르트, 클라리넷 협주곡 2악장

- Mozart : Clarinet Concerto In A Major K.622 – II. Adagio (모차르트 : 클라리넷 협주곡 가장조 – 2악장)
- 아티스트_Energetical Jakies
- 앨범_Piano For Mozart (모짜르트를 위한 피아노)
- 발매일_2008.05.19
- 장르_클래식, 독주곡

56. 영화 〈미션〉 중 'Gabriel's Oboe'

- Gabriel's Oboe (Nella Fantasia의 원곡)
- 아티스트_Ennio Morricone
- 앨범_미션 OST
- 발매일_2004.11.10
- 장르_국외영화

57. 비발디, 오페라 〈그리셀다〉 중 아리아 '두 줄기 폭풍이 몰아쳐 온다'

- Vivaldi : Griselda – Agitata Da Due Venti (비발디 : 그리셀다 – 두 줄기의 바람이 몰아치고)
- 아티스트_조수미
- 앨범_Sumi Jo Collection
- 발매일_2010.02.23
- 장르_클래식, 오페라/성악

58. 드보르자크, 교향곡 제9번 '신세계로부터' 4악장

- 드보르작 : 교향곡 9번 "신세계로부터" 4악장
- 아티스트_London Philharmonic Orchestra
- 앨범_클래식 오디세이 Gold
- 발매일_2002.09.01
- 장르_클래식, 교향/관현악

59. 코르사코프의 오페라 〈술탄 황제의 이야기〉 중 '왕벌의 비행'

- 림스키코르사코프 – 왕벌의 비행
- 아티스트_Vladimir Horowitz
- 앨범_Liszt : Piano Sonata In B Minor (Horowitz)
- 발매일_2006.06.15
- 장르_클래식, 독주곡

60. 요한 슈트라우스 2세, '봄의 소리 왈츠'

- J.Strauss II : Fruhlingsstimmen (Voices Of Spring) Op.410 (요한 슈트라우스 2세 : 봄의 소리 왈츠 작품번호 410) (우주에 있는 아빠를 그리워 하며 이벤트를 계획 하는 신)
- 아티스트_Waltraud Wulz, Antoinette Van Zabner
- 앨범_(고음질) 요한 스트라우스 2세의 아름다운 왈츠 클래식 베스트 모음집 – 기네스북 등재 – 현대 자동차 제네시스 광고 공식 BGM – Hyundai 'Genesis' TV CF, '우주로 보낸 메세지' 피아노, 오케스트라)
- 발매일_2015.05.15
- 장르_클래식, 교향/관현악

61. 차이코프스키, 감상적인 왈츠 Op.51-6

- https://m.app.melon.com/song/lyrics.htm?songld=1634525
- 차이코프스키 : 감상적인 왈츠
- 앨범_첼로의 꿈 바이올린의 향기
- 발매일_2006.12.22
- 장르_클래식, 독주곡

62. 차이코프스키, 〈호두까기 인형〉 중 '꽃의 왈츠'

- Waltz Of The Flowers
- 아티스트_London Symphony Orchestra
- 앨범_Classical Legends – Tchaikovsky 2
- 발매일_2017.08.31
- 장르_일렉트로니카

63. 쇼팽, '화려한 대 왈츠'

- Chopin : Waltz No.1 In E Flat Major Op.18 'Grande Valse Brillante' (쇼팽 : 왈츠 1번 내림 마장 조 작품번호 18 '화려한 대왈츠')
- 아티스트_Lang Lang
- 앨범_Lang Lang : The Chopin Album
- 발매일_2012.10.23
- 장르_클래식, 독주곡

64. 오 솔레 미오 – 마리아 란자

- O Sole Mio
- 아티스트_Mario Lanza
- 앨범_Serenade
- 발매일_2009.09.29
- 장르_POP

65. 라흐마니노프, 파가니니 주제에 의한 랩소디, Op.43 variation 18

- Rachmaninoff : Rhapsody On A Theme Of Paganini Op.43 – Variation 18 (라흐마니노프 : 파

가니니 주제에 의한 랩소디 작품번호 43 – 제 18변주)
- 아티스트_Cecile Ousset, Simon Rattle, City Of Birmingham Symphony Orchestra
- 앨범_Liebestraum – Romantic Piano
- 발매일_2012.11.12
- 장르_클래식, 협주곡

66. 뮤지컬 〈노트르담 드 파리〉 중 Le Temps des Cathedrales

- Le Temps Des Cathedrales
- 아티스트_Bruno Pelletier
- 앨범_Notre Dame de Paris, Pt. 2/2
- 발매일_2005.09.01
- 장르_국외뮤지컬

67. 헨델의 〈메시아〉 중 합창곡 '할렐루야'

- Handel : Messiah HWV.56 Part.II – Chorus. Hallelujah! (헨델 : 메시아 2부 – 합창. 할렐루야)
- 아티스트_London Philharmonic Orchestra, Walter Susskind, London Philharmonic Choir
- 앨범_London Philharmonic Orchestra Special
- 발매일_2009.09.03
- 장르_클래식, 오페라/성악

68. 하이든 현악4중주 62번 2악장 No.76-3 '황제'

- Haydn : String Quartet No.62 In C Major Op.76-3 Hob.III/77 'Emperor' – II. Poco Adagio. Cantabile (하이든 : 현악 4중주 62번 다장조 작품번호 76-3 '황제' – 2악장)
- 아티스트_Royal Philharmonic Chamber Ensemble
- 앨범_Haydn : String Quartets 'Emperor', 'The Lark' & 'La chasse' (하이든 : 현악 4중주곡 '황제', '종달새', '사냥')
- 발매일_2016.12.02
- 장르_클래식, 실내악

69. 슈베르트, 피아노 5중주 '송어' 4악장

- Schubert : Piano Quintet In A Major Op.114 D.667 'The Trout' – II. Andante (슈베르트 : 피아노 5중주 가장조 작품번호 114 '송어' – 2악장)
- 아티스트_Alfred Brendel, James Van Demark, Cleveland Quartet
- 앨범_Schubert : Piano Quintet 'Trout'

- 발매일_2013.02.07
- 장르_클래식, 실내악

70. 쇼팽, 플루트과 피아노를 위한 로시니 주제에 의한 '신데렐라 변주곡'

- Chopin : Variations In E Major For Flute And Piano On The Air 'Non Piu Mesta' From The Opera 'La Cenerentola' (쇼팽 : 오페라 '신데렐라' 아리아 '이제는 슬프지 않아요' 주제에 의한 플루트와 피아노를 위한 변주곡 마장조)
- 아티스트_Johannes Jess-Kropfitsch, Stefan Jess-Kropfitsch
- 앨범_피아노와 첼로의 선율이 만들어낸 찬란한 아름다움으로의 여행 Chopin : Chamber music For Piano & Cello 쇼팽이 선사하는 실내악 힐링 오감만족 클래식
- 발매일_2015.11.13
- 장르_클래식, 실내악

71. 크라이슬러, '아름다운 로즈마린'

- Kreisler : Schon Rosmarin Op.55 (크라이슬러 : 아름다운 로즈마린 작품번호 55)
- 아티스트_정경화, Itamar Golan
- 앨범_Souvenirs (바이올린 소품집)
- 발매일_2014.05.23
- 장르_클래식, 실내악

72. 쇼스타코비치, 재즈 모음곡 중 왈츠 No.2

- 재즈 모음곡 2번 중 왈츠 2
- 아티스트_Richard Yongjae O'Neill (리처드 용재 오닐), 조이오브스트링스 (Joy Of Strings)
- 앨범_My Way
- 발매일_2013.03.22
- 장르_클래식, 독주곡

73. 엔니오 모리코네, 영화 〈대부〉 O.S.T.

- The Godfather (대부) – Speak Softly Love
- 아티스트_City Of Prague Philharmonic Orchestra
- 앨범_영화 '대부' 3부작 – 30주년 기념 앨범 OST
- 발매일_2013.12.24
- 장르_국외영화

74. 슈베르트 연가곡 〈아름다운 물방앗간의 아가씨〉 중 3번 '정지'

- Schubert : Die Schone Mullerin D.795 − III. Halt! (슈베르트 : 아름다운 물방앗간의 아가씨 − 3번. 정지!)
- 아티스트_Jonas Kaufmann, Helmut Deutsch
- 앨범_Schubert : Die Schone Mullerin
- 발매일_2014.07.11
- 장르_클래식, 오페라/성악

75. 슈만 연가곡 〈시인의 사랑〉 48-1 '아름다운 5월에'

- Schumann : Dichterliebe Op.48 − I. Im Wunderschonen Monat Mai (슈만 : 시인의 사랑 작품 번호 48 − 1번. 아름다운 5월에)
- 아티스트_Aksel Schiotz, Frederic Meinders
- 앨범_슈만의 연가곡 '시인의 사랑(Dichterliebe)'
- 발매일_2019.08.19
- 장르_클래식, 오페라/성악

76. 빌 더글러스, 'Deep peace'

- Deep Peace
- 아티스트_Bill Douglas
- 앨범_Jewel Lake
- 발매일_1988
- 장르_뉴에이지

77. 뮤지컬 〈캣츠〉 중 'Memory'

- Memory
- 아티스트_Barbra Streisand
- 앨범_Memories
- 발매일_1981
- 장르_POP

78. 라벨, '볼레로'

- Bolero
- 아티스트_London Smyphony Orchestra

- 앨범_Ravel: Bolero, Rimski-Korsakov: Song of India, Shostakovich: Romance, Prokofiev: Romeo & Juliet Ballet Scenes
- 발매일_2009.05.26
- 장르_클래식

79. 뮤지컬 〈오페라의 유령〉 중 'Think of me'

- Think Of Me (오페라의 유령)
- 아티스트_Jan Hartley
- 앨범_금세기 최고의 뮤지컬
- 발매일_2009.12.07
- 장르_국외뮤지컬

80. 드뷔시, 달빛

- Debussy : Clair De Lune
- 아티스트_Claude Debussy
- 앨범_The Ultimate Most Relaxing Debussy In The Universe
- 발매일_2007.08.21
- 장르_클래식

제6악장 내 상상력을 깨워주는 음악들

81. 모차르트, 즉흥 미사곡 '기뻐하라, 춤추어라, 알렐루야'

- Mozart : Exsultate, Jubilate KV.165 - Alleluja
- 아티스트_Olga Zinovieva, Pieter Jan Leusink, The Bach Orchestra Of The Netherlands
- 앨범_Amadeus Is My Love
- 발매일_2017.10.18
- 장르_클래식, 오페라/성악

82. 모차르트, 오페라 〈마술피리〉 중 아리아와 합창

- Mozart : Die Zauberflote K.620 Act. II - Der Holle Rache Kocht In Meinem Herzen
- 아티스트_Karin Ott, Heinz Kruse, Berliner Philharmoniker, Jose Van Dam, Edith Mathis, Herbert Von Karajan

- 앨범_Mozart : Die Zauberflote
- 발매일_2008.03.17
- 장르_클래식, 오페라/성악

83. 모차르트, 플루트와 하프를 위한 협주곡 k.299 2악장

- Mozart : Concerto For Flute And Harp In C, KV 299:: 2. Andantino
- 아티스트_Emmanuel Pahud, Marie-Pierre Langlamet, Berliner Philharmoniker, Claudio Abbado
- 앨범_Mozart : Flute, Flute & Harp, Clarinet Concertos
- 발매일_2004.05.31
- 장르_클래식, 협주곡

84. 엘가, '사랑의 인사'

- 엘가 : 사랑의 인사
- 아티스트_Various Artists
- 앨범_첼로의 꿈 바이올린의 향기
- 발매일_2006.12.22
- 장르_클래식, 독주곡

85. 이루마, 'Kiss the Rain'

- Kiss The Rain
- 아티스트_이루마
- 앨범_From The Yellow Room
- 발매일_2003.10.23
- 장르_뉴에이지

86. All Of Me – 루이 암스트롱

- All Of Me
- 아티스트_Louis Armstrong
- 앨범_16 Most Requested Songs
- 발매일_1994
- 장르_재즈, 보컬재즈

87. 하이든, 현악4중주 17번 작품 '세레나데'

- Haydn : String Quartet No.17 In F Major Op.3-5 'Serenade' – II. Andante Cantabile
  (Previously Attributed To Haydn) (하이든 : 현악 4중주 17번 바장조 작품번호 3-5 '세레나데' – 2악장)
- 아티스트_Alban Berg Quartett
- 앨범_Hommage
- 발매일_2007.09.17
- 장르_클래식, 실내악

88. 뮤지컬 〈레 미제라블〉 중 'I dreamed a dream'

- I Dreamed A Dream (From "Les Misérables")
- 아티스트_Anne Hathaway
- 앨범_Les Misérables: The Motion Picture Soundtrack Deluxe (Deluxe Edition)
- 발매일_2013.03.19
- 장르_국외영화

89. 영화 〈미녀와 야수〉 중 'How Does A Moment Last Forever' – 셀린 디온

- How Does A Moment Last Forever (From "Beauty and the Beast"/Soundtrack Version)
- 아티스트_Celine Dion
- 앨범_Beauty and the Beast (Original Motion Picture Soundtrack/Deluxe Edition)
- 발매일_2017.03.10
- 장르_POP, 국외영화

90. 쇼팽, 녹턴 No.1 작품번호 9-1

- Chopin : Nocturne No.1 In B Flat Minor Op.9-1 (쇼팽 : 야상곡 1번 내림 나단조 작품번호 9-1)
- Arthur Rubinstein
- 앨범_Arthur Rubinstein Plays Chopin : Nocturnes & Scherzos (Recorded In 1949-1950) (루빈슈타인이 연주한 쇼팽의 녹턴과 스케르초 (1949-50년도 레코딩))
- 발매일_2016.08.05
- 장르_클래식, 독주곡

91. 사티, 짐노페디 1번

- Gymnopedie No.1 (erik Satie)
- 아티스트_Ferenc Hegedus

- 앨범_Classical Music for Relax
- 발매일_2018.06.30
- 장르_클래식

92. 바흐, 무반주 첼로모음곡 중 No.1 프렐류드

- Bach : Suite For Solo Cello No.1 In G Major BWV.1007 – I. Prelude (바흐 : 무반주 첼로 모음곡 1번 사장조 – 1번. 전주곡) (커피 광고 음악)
- 아티스트_Yo-Yo Ma
- 앨범_언터처블 OST
- 발매일_2012.03.22
- 장르_국외영화

93. 성 프란시스코의 기도

- 성 프란치스코의 기도
- 아티스트_원영배
- 앨범_Blessing Song
- 발매일_2010.09.16
- 장르_가톨릭

청춘을 위로하는 음악 멘토링 에세이

마음을 듣다

초판 1쇄 발행 2020년 7월 17일
초판 2쇄 발행 2021년 5월 31일

지은이 김호철
펴낸이 박찬규
디자인 신미연

펴낸곳 구름서재
등록 제396-2009-000058호
주소 서울시 마포구 서교동 375-24 그린홈 403호
이메일 fabrice1@chol.com
블로그 http://blog.naver.com/fabrice

ISBN 979-11-89213-08-4 (03810)

• 책값은 뒤표지에 있습니다.
• 잘못된 책은 구입한 서점에서 바꿔드립니다.